SOKIN 장편소설
FUSION FANTASTIC STORY

코더
이용호

코더 이용호 下

SOKIN 장편소설

초판 1쇄 찍은 날 § 2017년 8월 18일
초판 1쇄 펴낸 날 § 2017년 8월 25일

지은이 § SOKIN
펴낸이 § 서경석

편집책임 § 김경민
편집 § 이종식

펴낸곳 § 도서출판 청어람
등록번호 § 제387-1999-000006호
등록일자 § 1999. 5. 31
어람번호 § 제1-2750호

주소 § 경기도 부천시 부일로 483번길 40 서경B/D 3F (우) 14640
전화 § 032-656-4452 팩스 § 032-656-4453
http://www.chungeoram.com
E-mail § chungeorambook@daum.net

ISBN 979-11-04-91428-7 04810
ISBN 979-11-04-91134-7 (세트)

9
[완결]

SOKIN 장편소설
FUSION FANTASTIC STORY

코더
이용훈

도서출판
청어람

Contents

코더
이용호

Chapter 1
인력 빼 가기

돌아보면 하루 종일 스마트폰을 들여다보고 있었다. 다른 사람들도 자신과 같은 마음이라 생각했다.

'아, 역시 다들 나와 같은 마음으로 고민에 잠겨 있구나.'

제임스나 나대방을 볼 때마다 그런 생각이 들어 가끔은 미안함에 잠기기도 했다.

실리콘밸리에 다녀와 회사로 복귀한 용호는 구체적인 실행 방안을 정리했다.

단순히 Fixbugs 50% 할인 이벤트를 공지 사항으로 걸어두는 것만으로 기대한 만큼 일이 풀릴 것이라 여기지 않은 것이다.

오늘도 하루 종일 스마트폰만 만지작거리고 있는 나대방에 게 물었다.

"어때? 뭐, 좋은 방안이 나올 것 같아?"

용호의 시선을 느끼지 못할 정도로 나대방은 스마트폰에 집중해 있었다. 용호가 좀 더 가까이 다가갔다.

"뭐 하냐."

그제야 용호의 기척을 느꼈는지 나대방이 황급히 스마트폰 을 뒤로 감추었다.

"아하하… 혀, 형님."

"뭐 해? 하루 종일 폰 붙들고."

조금 떨어져 있던 제임스도 스마트폰을 내려놓은 채 컴퓨 터 모니터에 집중하는 척, 액션을 취했다.

"그, 그게 말입니다."

"보니까, 뭐 좋은 생각 좀 나냐?"

"아! 그렇죠. 좋은 생각. 이제부터 해보려고요."

"그럼 지금까지는 뭐 한 건데?"

"그, 그게……."

나대방이 우물쭈물하자 답답함을 참지 못한 용호가 먼저 물었다.

"스마트폰을 사용하면서 뭔가 아이디어를 생각한 거 아니었 어?"

잠시간의 정적을 깨는 효과음이 나대방의 스마트폰에서 흘러나왔다.

띠리링! 빰빠밤빠밤.

SUPERSEAL의 로고 로딩 시 흘러나오는 배경음이었다.

앉아 있는 모습이 마치 죄인 같았다. 용호는 어처구니가 없다는 듯 나대방을 바라보았다.

"내가 뭐, 네 마음대로 하라고 하긴 했지만 그렇다고 하루 종일 게임만 하는 건 좀 그렇지 않냐?"

"…오해십니다."

"오해긴 뭔 오해야!"

용호가 올라가려는 목소리를 애써 줄였다. 옆에는 제임스도 함께 자리에 앉아 있었다.

"이게 최신 유행하는 게임이라고요. 이 게임 하나로 매출이 얼마인지 아십니까? 또 사용자 수는 어떻고요."

"그래서? 우리가 게임 회사냐? 그 게임 매출이 많든 적든 우리랑 무슨 상관이야."

나대방의 궁색한 변명을 용호가 일거에 잠재워 버렸다. 다시 잠시간의 침묵이 찾아왔다.

또 다른 변명거리를 찾던 나대방의 표정이 환하게 밝아졌다.

"그, 그러니까. 여기랑 협력해서 에이버 앱 스토어에 신작 게임을 선공개해 달라고 하는 건 어떻습니까? 대신 Fixbugs 사용을 무료로 해주겠다고."

"…뭐?"

"말씀드렸다시피 현재 SUPERSEAL 게임 다운로드만 일억 건이 넘습니다. 한 달 뒤에 신작 게임 발표를 앞두고 있고요. 이 게임이 에이버 앱 스토어에서 먼저 발표된다면? 사람들이 꽤 몰릴 것 같지 않으세요?"

"…그, 그거야 그럴 수도 있을 것 같은데."

한번 공세를 잡은 나대방은 주도권을 놓치지 않기 위해 빠르게 몰아붙였다.

"바로 그겁니다. 제가 왜 스마트폰으로 게임을 하고 있었는지 아시겠죠?"

나대방의 말을 듣던 제임스의 표정도 밝아졌다. 적당한 변명거리가 생겼다고 생각한 모양이었다.

하지만 용호에게는 통하지 않았다.

"…내가 욕 안 하는 걸 다행이라고 생각해라. 응? 게임하는 건 좋은데, 양심껏 하란 말이야."

용호도 적당히 타협하기로 했다. 나대방의 의견이 그리 나쁘지 않다는 것도 한몫했다.

"하하, 알겠습니다. 형님, 그럼 바로 연락해 볼까요?"

"잠깐만 기다려 봐."

용호는 바로 쿠글 마켓에 들어가 게임을 다운받았다. 그러고는 바로 플레이를 시작했다.

그 모습을 보던 나대방이 주책맞게 한마디 거들었다.

"형님도 한번 해보시면 금세 빠져들게 될 겁니다."

나대방은 용호가 게임을 해보려 다운받았다고 생각했다. 용호는 완전히 헛짚었다고 말해주려다 참았다.

어차피 말해봤자 믿지 않을 것이기에.

*　　　*　　　*

앱 스토어에서 발생하는 수익의 80%가 게임 앱을 통해 발생한다. 유료로 다운을 받는 앱, 인앱 결제를 다 합쳐 수익의 대부분을 차지하는 건 게임이었다.

별 관심이 없었던 용호는 게임이 이 정도의 포지션을 차지하고 있을지는 몰랐다.

"게임이… 다라고 해도 과언이 아니네."

그저 게임을 개발하는 일인 개발자가 많다고만 생각했다. 개발자가 많다는 건 곧 돈이 된다는 말이었다.

"장난 아니죠? 그런데 어떻게 연락은 왔습니까?"

"뭐, 곧 오겠지."

용호의 여유로운 모습이 이제는 익숙했다. SUPERSEAL에 용호가 별도로 메일을 보냈다.

다른 직원들에게도 알리지 않은 채 지극히 개인적으로 보낸 것이다. 그리고 그 결과를 기다리고 있었다.

"그럼 SUPERSEAL은 됐고, 다른 게임 개발사들과 개발자들에게도 에이버 마켓에 선공개해 달라고 요청해야 하는 거 아닙니까?"

"맞아, 잘 아네."

"그렇다는 말은……."

"응, 이미 보냈지."

거부할 수 없는 제안을 보내놓았다. 결코 거부할 수 없는 제안들이다.

*   *   *

금발에 곱슬머리의 남자와 흑발에 스포츠로 짧게 머리를 자른 남자가 대립각을 세우고 있었다.

"자네는 지금 그게 말이 된다고 생각하나?"

"안 된다고 생각합니다."

"그런데 왜… 같은 말을 반복하는 거지?"

"말이 안 되지만 코드는 거짓말을 하지 않으니까요."

"……."

금발의 남자가 이제는 의심스러운 눈초리로 남자를 쳐다보았다. 코드는 철저하게 관리된다. 결제가 걸려 있는 만큼 보안에도 누구 못지않은 신경을 쓰고 있다고 할 수 있었다.

그런데 회사 계정으로 도착한 한 통의 메일이 이 모든 상황을 비웃고 있었다.

"의심해도 소용없습니다. 저는 아니고, 저희 팀, 팀원들 중에도 없습니다. 인정하는 수밖에 없습니다. Fixbugs가 뛰어난 겁니다."

"……."

SUPERSEAL 개발팀 팀장의 말에도 여전히 의심의 눈초리를 거두지 못했다.

어떻게 자사 직원들도 발견하지 못한 버그를 찾아낸단 말인가. 그것도 수정할 수 있는 코드까지 첨부되어 있었다.

이건 코드가 바깥으로 새어나갔다고 생각할 수밖에 없는 상황이었다.

그러나 아무리 의심해도 증거는 나오지 않았다. 인정하는 수밖에 없다.

NASA가 인정한 버그 분석 툴.

코드가 첨부된 메일이 도착했을 땐 의심했지만 결국 받아들일 수밖에 없는 가장 큰 이유였다.

소프트웨어 공급 계약까지 체결하여 NASA에서 개발되는 소프트웨어들에 대한 코드 검증을 실시하는 툴이다.

코드가 첨부된다고 해도 결국엔 믿었다.

그 믿음이 에이버 앱 스토어로 연락하도록 만들었다.

*   *   *

"SUPERSEAL에서 연락이 왔다고?"

"네, 게임 선공개 이벤트를 하고 싶답니다."

"거기서 왜?"

왜 우리한테?

에이버에 근무하는 직원들의 공통된 생각이었다. 국내에서나 독점적 지위를 누리고 있었다. 세계로 나가면 그저 일개 포털 사이트들 중 하나일 뿐이다.

그러나 SUPERSEAL은 다르다. 세계적인 기업이다.

전작 게임에서 나오는 매출만 해도 한 해 일조, 업력은 채 5년도 되지 않았다.

17년이 넘어가는 에이버에 비하면 겨우 5년 된 회사가 일조의 매출을 달성했다.

미칠 듯한 성장 속도였다.

직원들을 당황스럽게 하는 연락은 그 뒤로도 이어졌다.

게임을 선공개하겠다는 연락은 SUPERSEAL에서만 온 건 아니었다.

퍼즐 게임으로 이조 원대의 매출을 올리고 있는 Queen사에서도 연락이 왔다.

에이버 앱 스토어에서 게임을 선공개하고 싶습니다.

어떤 이벤트를 걸어줄 수 있습니까?

"…갑자기 왜 이러냐? 무슨 일 생긴 거 아냐?"

즐거운 비명을 질렀다. 에이버에게도 기회다.

세계적인 회사로 발돋움할 수 있는 기회, 잡느냐 놓치느냐는 앞으로 어떻게 대처하느냐에 달려 있었다.

*　　　　*　　　　*

왜 하필 에이버에 유수의 게임사들이 게임을 선공개하고 있을까? 원인은 Fixbugs에 있었다.

세계적인 쿠글도 그 사실을 알게 되었고, 다시금 연락이 도착했다. 회사를 사겠다는 연락이.

금액은 삽시간에 이억 달러로 올라갔다.

"이억 달러."

용호가 말을 하려던 찰나, 컨퍼런스 콜을 하고 있는 반대편 사람이 먼저 입을 열었다.

"Fixbugs까지 합쳐서 십억 달러."

함께 컨퍼런스 콜에 참여한 인원들은 하나같이 마른침을 꿀꺽 삼켰다.

십억 달러면 한화로 일조였다.

일조.

연 금리 1%만 받아도 일 년에 백억이다.

용호 역시 평상심을 유지하기 힘들었다. 소위 대박을 낸 것이다. 로켓이 발사되었다.

"Fixbugs의 성능이 얼마나 대단한지 전부터 관심을 가지고 지켜보고 있었습니다. 회사 내부에서도 상당 부분 인정하는 분위기가 생겼고, CEO께서도 지대한 관심을 보이고 있기에 결정된 사안입니다. 물론, 현재 직접적인 매출이 발생하고 있기 때문이기도 하고요."

미국 법인까지 합쳐서 연 매출 500억 정도가 안정적으로 발생하고 있었다.

회사의 가치를 평가할 때 대부분 앞으로 삼 년 정도 발생할 매출을 기준으로 삼는다.

급발진 사고를 해결하고 받은 돈은 2년에 걸쳐 나눠 받는 것이지 한 해에 모두 받는 게 아니었다.

다른 돈들도 마찬가지, 그렇게 해서 현재 발생하는 매출을 500억 정도로 추산하는 것이다.

삼 년이면 천오백억.

일조면 앞으로 매출이 늘지 않는다고 해도, 십 년이 지나도 벌지 못할 돈이었다.

용호가 떨어지지 않는 입을 겨우 열었다.

"거, 거절하겠습니다."

주변에서 탄식이 쏟아졌다. 대부분의 주식을 용호가 가지고 있다. 스톡옵션 형식으로 뿌려진 주식은 채 20%도 되지 않았다. 회사의 명운이 용호의 말 한마디에 달라지는 것이다.

탄식 끝에 원망의 눈빛이 용호에게 쏟아졌다.

용호의 말이 끝나자마자 쿠글 측 인원이 입을 열었다.

"십오억 달러, 회사에서 받은 최고액입니다."

단숨에 오억 달러가 넘어갔다.

이번에는 탄성이 쏟아져 나왔다.

아! 이래서 용호가 거절했구나.

대략 한화로 일조 오천억이다.

거절하겠다는 말 한마디로 오천억을 벌었다. 다들 같은 생각을 하고 있었다.

아! 돈은 이렇게 버는 거구나. 아등바등 살아도 소용없구나.

하지만 뒤이어 이어진 용호의 말은 사람들을 충격의 도가니로 몰아넣었다.

"입장 변경은 없습니다."

거절하겠다는 말이었다. 불과 몇 분 만에 일조 오천억이 눈앞에서 날아갔다.

"하하, 자신감이 대단하네요."

"지금도 에이버 앱 스토어로 사람들이 몰리고 있는 걸 아셨나 보군요."

"……."

"저도 쿠글 측과 척을 질 생각은 없습니다. 앞으로도 협력 관계를 유지하고자 하는 마음에는 변함이 없습니다. 그건 서로가 같은 선상에 있는 모습이지… 상하로 이어진 모습은 아닙니다. 만약 그렇게 그림을 그리고 계신다면……."

용호는 굳이 뒷말은 하지 않았다.

혹자는 쿠글 제국이라고까지 이야기한다.

앞으로 수십 년 뒤 나라는 사라지고 쿠글이라는 이름으로 전 세계가 통일이 될지도 모른다는 이야기까지 흘러나오고 있는 마당이다.

그런 초국적 기업에게 말하고 있는 것이다.

잡아먹으려 하지 마라.

만약 그렇지 않으면…….

내가 널 사냥할 테니까.

용호가 밀어넣은 뒷말이었다.

*　　　　*　　　　*

모일 사.

어른 장.

합쳐서 사장이다.

모인 사람들의 어른이라는 의미다.

어른은 꼭 나이만을 의미하지 않는다. 나이가 될 수도, 능력이 될 수도 있다.

어쨌든 하나만은 확실하다.

책임져야 한다.

쿠글과의 컨퍼런스 콜을 마치고 쿠글 측의 제안을 거절한 용호가 작금의 사태에 대해 책임을 져야 한다는 뜻이다.

주변의 인물들은 하나같이 같은 뜻을 내비치고 있었다.

"이렇게 십오억 달러가 날아갔네요."

나대방은 아쉽다는 듯 중얼거렸다. 현실감이 없는 금액이다. 그래서인지 일조가 넘는 돈이 눈앞에서 날아갔다는 것도 잘 믿기지 않는 듯했다.

함께 자리에 배석하고 있던 손석호는 그저 멍한 표정으로 용호를 바라보았다.

"…너는 정말."

"상상 초월인가요?"

일조가 넘는 돈이 사라졌음에도 용호의 표정은 밝아 보였다. 전혀 아까워하는 기색이 보이지 않았다.

그 점이 더욱 놀라웠다.

"그래, 상상 초월. 좀 더 적나라하게 말해서, 미쳤다고밖에는 못 하겠구나."

"하하, 뭐. K3 안수철 사장님 한번 따라 해봤다고 해두죠."

K3.

대한민국을 대표하는 백신의 이름이다. 2000년대 초반 외국 기업이 천억 정도를 제안했지만 거절했던 일화로 유명했다.

K3을 들먹이며 경직되어 있던 분위기를 풀려던 용호가 나대방을 보며 물었다.

"에이버 앱 스토어 사용자 현황은 어때?"

"손 부장님과 똑같이 말씀드리죠. 상상 초월입니다, 상상 초월."

2,500만 다운로드.

에이버 앱 스토어가 개발되고 사람들에게 공개된 이후 지금까지 다운로드된 숫자였다.

쿠글 마켓은 '쿠글 인증'을 받은 스마트폰에 대해 프리 인스톨되어 배포된다.

세계 최대 스마트폰 제조사인 오성전자나, 그 라이벌 사에서 판매되는 스마트폰 숫자만 해도 지금까지 '억'은 우습게 넘긴다. 그것도 전체 대수가 아닌 각 스마트폰 시리즈별로 나눈 대수다.

그런데 에이버 앱 스토어는 2,500만 다운로드다. 다운로드한 후에 지워진 숫자까지 감안하면 비교 대상이 아니었다.

"오, 오천만 다운로드?"

"네, 저희 앱 스토어 다운로드가 단숨에 두 배로 늘었습니다. 중요한 사실은 지금도 그 추세가 멈추지 않고 늘어나고 있다는 것이고요."

"…오천만 다운로드."

같은 숫자를 읊조리는 부장의 말에 부하 직원이 자신이 생각하고 있던 바를 건의했다.

"Fixbugs 측에 뭔가 보상을 해야 하는 거 아닐까요? 저희가 몇 년 동안 이룬 성과를 불과 몇 주 되지도 않아서… 뛰어넘었습니다. 만약 Fixbugs 이벤트가 끝난다면 이대로 주저앉을 위험성도 없다고는 못 합니다."

"알겠네. 대표님께 한번 말씀드려 보지."

　　　　*　　　　　*　　　　　*

　차를 타고 가는 내내 나대방이 중얼거림을 멈추지 않았다.

　"에이버에서도 뭔가 큰 보상을 준비했나 본데요? 본사로까지 오라고 하다니. 블루 팩토리는 어떻게 생겼으려나."

　"쿠글 본사도 갔다 온 놈이 뭐가 이렇게 말이 많아."

　"거긴 거기고, 여긴 여기 아닙니까. 나중에 우리도 사옥 만들 때 참고하면 좋잖아요."

　차는 막 분당에 위치한 에이버 본사에 들어서고 있었다. 대중들에게 블루 팩토리라 알려진 곳, 그나마 한국에서 개발자로 살아가기에 꽤나 괜찮은 환경이라 여겨지는 곳이다.

　SI 개발자로 시작한 용호도 에이버를 꿈꿨던 적이 있었다. 쿠글은 너무 먼 나라 이야기였다.

　그나마 서울 하위권 대학인 선민대학교를 나온 자신이 1퍼센트의 가능성이라도 있다고 여긴 곳이 에이버였다.

　"사옥, 우리도 사옥 만들어야지."

　용호가 차 창밖으로 보이는 블루 팩토리를 바라보았다. 지상 28층, 지하 7층의 빌딩이 그 위용을 자랑했다.

　용호는 바로 회의실로 안내되었다. 사업 담당자라 자신을 소개한 남자가 준비해 온 서류가 반대편에 앉아 있던 용호에게 놓여졌다.

서류를 읽어본 용호는 실소를 터뜨릴 수밖에 없었다.

"하하, 정말 이것 때문에 부르신 겁니까?"

실소를 터뜨리며 웃고 있는 용호를 보는 담당자의 눈빛이 흔들렸다.

"꽤 괜찮은 제안이라고 생각하는데… 세부 사항은 좀 더 논의해 봐야 알겠지만요."

"오백억이라……."

에이버에서 들고 나온 제안은 인수 합병에 관한 이야기였다. 적힌 금액은 오백억, 용호가 웃을 수밖에 없는 이유였다.

"현재 매출이 오백억 정도 되시면, 영업이익은 많이 쳐줘도 200억 정도. 그걸 삼 년치 보장한 금액입니다. 이런 기회, 흔치 않은 겁니다."

담당자는 용호가 보인 웃음이 긍정의 의미라 생각했는지 목소리까지 은근해졌다.

하지만 용호가 웃은 건 그런 뜻이 아니었다.

그렇다고 굳이 쿠글 측이 제시했던 금액을 말하고 싶지도 않았다.

"그래도 우리나라 앱 스토어라고 사용을 제안했던 건데 더이상은 안 되겠네요."

"네?"

"어차피 Fixbugs가 어느 정도의 가치를 지니고 있는지에 대한 실험이었을 뿐입니다."

용호 스스로에게 하는 말이기도 했다. 앞뒤를 다 잘라먹고 하는 말을 담당자는 전혀 알아듣지 못했다.

"무슨 말씀을 하시는 건지……."

변화된 분위기를 읽은 것일까, 담당자의 목소리도 조심스러워졌다. 그러거나 말거나 용호는 더 이상 대화를 이어갈 필요도 없다고 생각했는지 자리에서 일어났다.

"더 이상 이벤트는 없을 거란 말입니다. 그럼 먼저 일어나 보겠습니다."

에이버 담당자는 그저 황당한 얼굴로 용호를 바라볼 수밖에 없었다.

그들이 생각하기에 가장 좋은 조건을 제시했다. 오백억에 중소기업을 인수하는 건 한국에서 흔치 않은 일이다.

기존에 있었던 인수 합병 사례에서 가장 큰 금액이 채 백억도 되지 않았다.

"너무 오만한 거 아냐?"

담당자의 감상은 바로 상부로 보고되었다.

나대방도 어이가 없는지 사무실로 돌아가는 내내 화를 감추지 못했다.

"참네, 상상도 못 했네요."

"독점적 지위를 오랫동안 누려왔으니, 우리 같은 건 우습겠지."

"그럼 이제 어떻게 하실 겁니까?"

"어쩌기는, 원래 하려고 했던 대로 진행해야지."

용호의 그 말에 나대방이 길게 한숨을 내쉬었다.

"기어코 인수를 하겠다는 말이신 거죠?"

용호가 고개를 끄덕였다.

직접 스마트폰 제조업체를 인수하겠다는 것. 마침 적당한 매물도 나온 참이었다.

＊　　　＊　　　＊

에이버 × F. B. T(Find Bugs Tool)

에이버 앱 스토어에 올라온 홍보 문구였다. 자사의 앱 스토어에 앱을 등록하는 개발자들에게 F. B. T를 80% 인하된 가격에 사용할 수 있도록 해주겠다는 것이었다.

용호가 제안을 거절한 지 채 일주일도 되지 않은 시점에 올라온 글이었다.

"…볼수록 가관이구나."

지난번 실시간 검색어에서 몇몇 단어를 없애는 것도 모자라, 이제는 다른 경쟁사와 붙어먹고 있었다.

하지만 에이버 입장에서 그럴 수도 있다 생각했다. 타 회사와 컬래버레이션을 하는 것까지 자신이 이래라저래라 할 수 있는 입장이 아니었다.

시장경제 내에서 충분히 일어날 수 있는 일이라 여겼다.

아침 책상에 놓여진 사직서를 볼 때까지는.

"총 일곱 명이란 말이지."

"모두 얼버무리고 있기는 하지만 에이버로 가는 것 같습니다. 다른 몇몇 직원들에게도 헤드헌터가 붙어서 연락을 취해 왔다고 합니다."

"…이런 게 인력 빼 가기인가."

"아마 이후에는 비슷한 제품이 나오겠죠. F. B. T 인수설도 솔솔 나오고 있는 걸 보니."

"정진용도 F. B. T가 애물단지겠지."

정진용의 실험은 실패했다. 본전이라도 건지기 위해서는 적당한 금액에 파는 것이 그나마 손실을 줄일 수 있는 방법이었다.

"어떻게 하실 겁니까? 그냥 이대로 내주실 생각이에요?"

"어차피 이 중에 우리 코드를 아는 사람은 없는 것 같은데……."

용호가 책상 위에 올라와 있는 사직서를 만지작거렸다.

"직원들이 동요할 겁니다. 저희는 아직 중소기업, 에이버는 복지가 탄탄한 대기업입니다."

"……."

"그렇지 않아도, 판텍을 인수한다는 소식에 분위기가 뒤숭숭한 상황입니다. 그런 부도 기업을 인수하여 과연 잘될지에 대한 의심하는 분위기가 팽배합니다. 물론 잘되면야 상관이 없지만……."

나대방도 잘될 거라고 믿었다. 하지만 100% 확신하지는 못했다. 언제든 발 한번 삐끗하면 쓰러지는 게 냉혹한 비즈니스의 세계다.

"일단 생각 좀 해보자."

그럴 시간이 없었다. 빠른 결단이 필요한 시점이다.

결정은 미뤄지고 또 다른 사직서를 마주해야 했다.

지난번보다 흰색 봉투 숫자는 줄어 있었다. 그래서 세 장이다. 총 열 명의 인원이 사직서를 제출했다.

얼마의 연봉을 약속하고, 어느 정도의 인센티브를 받았는지 알 수 없지만 떠나가는 그들이 야속했다.

비전을 제시하고 개발자들이 개발에만 전념할 수 있는 분위기를 만들기 위해 그렇게 노력했건만, 자신의 마음이 남들과 꼭 같지만은 않았다.

용호는 몇 번이고 사직서를 만지작거렸다.

"이종건, 28살, 생일은 7월 8일. 취미는 레고 수집. 현재 여자 친구는 없었고……."

아쉬웠다.

함께 더 큰 꿈을 향해 나아갈 수 있을 것이라 생각하고 뽑은 사람이다.

"박성원, 31살. 생일은 3월 13일. 취미는 마라톤. 29살에 결혼해서 집에 한 살 된 아기가 한 명 있고, 얼마 전 아이가 아파 병원에 다녀왔다. 주요 관심사는 육아였던가……."

용호는 손에 들고 있던 또 한 장의 사직서를 바닥에 내려놓았다.

"서용호, 34살. 생일은 8월 7일."

자신과 이름이 똑같아, 더욱 기억에 남는 직원이었다.

"기계식 키보드를 모으는 게 취미. 커피를 좋아해서 회사에 에스프레소 머신을 들여놓자고 건의한 직원, 슬하에 아들 딸, 한 명씩."

용호는 쓸쓸하게 중얼거렸다.

한 명, 한 명이 기억 속에서 되살아났다. 그들과 함께한 시간이 많지는 않았지만 사장으로서 책임을 져야 한다는 생각에 최대한 머릿속에 담으려 노력했다.

생일에서부터 사소한 습관과 취향까지 머릿속에 담았다. 하지만 이제는 잊어야 할 시점이다.

어떤 산업보다도 활발한 이직이 벌어지는 곳이 IT 산업이다. 퇴사에도 익숙해져야 한다.

벤처라는 위험보다 대기업이라는 안정을 추구하는 사람을 무작정 욕할 수도 없다.

그들도 그들 나름대로 살고자 하는 것이니까. 정에만 호소할 수도 없는 노릇이었다.

*   *   *

"앞으로 몇 명 더 넘어올 것 같습니까?"

"한 일곱 정도는 더 빼올 수 있을 것 같습니다. 제시한 조건이 충분히 마음에 드는 눈치들이었습니다. 단지⋯ 마음속의 찝찝함 때문에 꺼려진다고⋯⋯."

헤드헌터의 말에 인사 담당자가 더 나은 조건을 내걸었다.

"지금 제시한 금액에 10퍼센트 더 올려준다고 하세요. 그리고 다른 사람들을 데리고 나오면 20퍼센트 더 올려준다고 하고요."

"⋯너무 무리하는 건 아닐까요."

"어차피 일회용입니다."

인사 담당자의 말에 헤드헌터는 더 이상 대꾸하지 않았다.

어차피 자신도 돈을 받고 하는 일이다. 더구나 에이버라는 주요 고객의 심기를 굳이 거스를 필요는 없었다.

　용호는 굳이 퇴사자들과 각을 세우지 않았다. 그저 조용히 퇴사를 승인해 주었다.

　"지금까지 수고했습니다. 다른 곳에 가서도… 잘해주세요."

　그 말이 다였다.

　한 명씩 악수를 하며 웃는 얼굴로 마주했다. 능력이 있으면 다른 곳에 가는 것이다.

　그 능력에 충분한 대가를 지불하지 못하는 자신을 탓하는 것이 타당했다.

　"……."

　퇴사자들이 사무실을 떠나고 용호가 직원들을 한자리에 불러 모았다.

　"오늘부터 저희 회사 연봉이 결정되는 방식은 이 한 가지입니다."

Pay Top of Market.

시장에서 가장 높은 보상을 지불한다.

　한 문장.

고민 끝에 용호가 내린 결정이었다.

"NetFlax에서 현재 시행하고 있는 인사 제도이기도 합니다. 언제든 자신의 연봉에 불만이 있으면 팀장에게 말해주세요."

그 말을 끝으로 용호는 단상에서 내려왔고, 사람들은 자신의 자리로 돌아갔다.

Chapter 2
조립식 스마트폰

떠나간 직원들에게는 별 감정이 없었다.

하지만 에이버는 아니다.

정황을 보아하니 분명 인력 빼 가기였다.

직원들에 대한 감정이 없다고 해서 에이버라는 회사에 대한 악감정이 없다는 뜻은 아니었다.

더구나 에이버라면.

"그때 실검 조작했던 곳이지?"

"아, 그랬던 적도 있었네요."

나대방도 기억난다는 듯이 맞장구쳤다.

실검 조작 사건.

그때의 기억이 떠올랐다.

"이거 뭐, 앞으로도 사사건건 부딪치겠는데."

용호가 미소 짓자 나대방이 불안한 듯 물었다.

"또, 무슨 짓을 하시려고요. 지금 팬텍 인수만으로도 회사 일은 충분합니다. 벅차다고요."

"야, 내가 뭐 회사 일로 한다고 했냐. 개인적으로 할 거야. 개인적으로."

"…개인적으로 무슨 일을 하시려고요!"

나대방의 고함에 용호가 귀를 막으며 소리쳤다.

"귀청 떨어지겠다! 알았다, 알았어. 그럼 이렇게 하자."

용호가 절충안을 제시했다.

지금 당장은 팬텍 인수와 조립식 스마트폰을 만드는 데 집중하고, 추후에 용호가 말한 계획을 실행하기로 했다.

지금 당장은 진행하고 있는 일에 전심전력을 쏟기에도 시간이 부족했다.

스마트폰.

우리가 흔히 사용하는 스마트폰은 수도 없이 많은 부품들의 조합으로 되어 있다. 오디오 장치, 저장 장치, 내부에 들어가는 모바일 AP, 카메라 모듈 등등.

용호가 하려고 하는 일은 이것들을 각각 분리하여 소비자가 정말 원하는 기능만이 부착된 폰을 만들려고 하는 것이다.

이미 쿠글에서 진행하고 있는 프로젝트다. 하지만 아직 상업적으로 사용하기에는 문제가 있어 출시일이 계속 미뤄지고 있었다. 그리고 어떤 문제든 해결할 수 있는 이가 바로 용호였다.

"그러니까, 인수에는 문제가 없다?"

"네. 지금까지도 인수하겠다는 기업이 없어서 첫 번째 입찰이 유찰되었다고 합니다."

"우리한테는 잘된 일이네."

유찰이 되었다는 말은 싸게 살 수 있다는 말과 동일했다. 대부분의 사람들이 '판텍'이라는 기업의 가치를 낮게 보고 있다는 말이었다.

"잘된 일인지……."

나대방은 여전히 불안감을 감추지 못했다. 오히려 빨리 팔려 버렸으면 좋겠다고 생각한 적도 있었다.

하지만 그렇게 되지 않았다.

"그럼 빨리 인수 의향서부터 보내."

"…정말 그때 제임스가 보여준 폰, 가능성 있는 거죠?"

"그렇다니까. 그때도 봤잖아. 단 한 건의 버그도 없었던 거.

디자인만 신경 쓰면… 또다시 새로운 혁신을 가져올 거야."

용호는 여전히 확신에 차 있었다.

최신형 스마트폰이 발매되면 보조금까지 합쳐도 최소 몇십만 원의 돈이 든다.

핸드폰 자체가 컴퓨터로써 기능했기에 컴퓨터 가격과 큰 차이가 없는 것이다.

더구나 장치가 소형화될수록 가격은 비싸진다. 스마트폰 가격이 비싼 이유라고 생각할 수도 있다.

하지만 실상을 들여다보면 다르다.

백만 원을 호가하는 대부분의 스마트폰의 실제 생산 단가는 한 대당 이십만 원 언저리에 있다.

연구에 들어가는 비용을 감안하더라도, 가격대가 과한 감이 있었다.

"일단, 가격에서부터 차이가 벌어질 겁니다."

용호는 최저가 모델의 가격을 대당 십만 원으로 생각하고 있었다.

"가격은 어떻게 맞추시려고."

"현재 시중에 나온 최고 사양 칩과 디스플레이를 사용한다고 해도 육만 원가량이면 됩니다. 약간 저가형을 쓰면 가격은 맞출 수 있을 겁니다."

"이렇게까지 해서, 해야 하는 건지."

여전히 대부분의 사람들이 회의적이었다. 운영체제 개발만
해도 쉽지 않은 일이었다.

그런데 해당 운영체제가 돌아갈 디바이스까지 같이 만들겠
다는 용호의 포부는 사람들의 반대에 부딪치기 충분했다.

하지만 용호의 생각은 확고했다.

"다들 말하는 게 IOT입니다. Internet Of Thing. 소프트웨
어와 하드웨어는 떼려야 뗄 수 없는 관계라는 겁니다. 소프트
웨어만 하는 업체도, 하드웨어만 하는 업체도 미래에는 살아
남지 못할 겁니다."

탁자 위에 놓인 스마트폰 한 대.

바로 제임스가 만든 폰이었다.

물론 제임스 혼자만의 힘으로 만들어진 건 아니었다.

용호는 전적으로 지원해 줄 테니, 팀을 꾸려보라고 했다. 제
임스는 그간 알고 지냈던 사람들에게 연락을 취했고, 지금의
결과물을 선보일 수 있었다.

"한번 보세요. 가능성이 있는지 없는지."

각 모듈들은 초강력 자석으로 이루어져 있었다. 힘을 주어
도 쉽게 떨어지지 않았다.

용호가 들고 있던 폰을 바닥으로 떨어뜨렸다.

"이렇게 바닥에 떨어져도 분해가 안 됩니다."

용호가 들고 있던 폰에서 몇 가지 모듈을 떼어냈다. 5인치는 되어 보이던 폰이 3인치로 줄어들었다.

"이렇게 크기를 줄일 수도 있고요. 이렇게 되면 장점이 가격대 역시 줄어든다는 겁니다."

확실히 실물이 있으면 효과가 좋았다.

자사 직원들도 수긍하지 못하는 제품은 만들 가치가 없다고 생각했다.

첫 번째 난관은 직원들을 설득하는 일이었다.

추상적인 말이나, 설명으로 점철된 프레젠테이션보다 실제 물건을 한번 보여주는 것이 효과가 좋았다.

다양한 의견들이 쏟아져 나왔다. 디자인과 관련되어서, 또는 제품과 관련 이야기들, 그리고 제품과 함께 연계할 서비스 등 이야기의 종류는 광범위했다.

이 프로젝트를 진행할지 말지에 대한 이야기가 아니었다.

이번 스마트폰을 어떻게 출시할지에 대한 이야기였다.

논점이 바뀐 것이다.

"인수 진행은?"

"별다른 문제는 없을 것 같습니다. 어차피 인수하겠다는 곳도 저희밖에 없고요."

"그래, 그 부분은 내가 잘 모르니까 네가 신경 좀 써줘."

판텍 인수에 관한 일은 나대방이 거의 전담하다시피 했다. 누가 국회의원 집 아들 아니랄까 봐, 개발도 잘했지만 법에 관해서도 정통했다.

"그런데… 알아보니까, 공장 가동도 다 멈춰 있습니다. 일할 사람도 없고요."

"생산할 준비가 되면 사람을 뽑아야지."

"그러니까 그게 문제라는 겁니다. 사람을 뽑으면 고정비가 엄청나게 급증할 텐데. 그건 어쩌시려고요."

당장 회사를 인수하는 것에만 지금까지 쌓아놓은 사내 유보금의 대부분을 사용했다.

아무리 유찰되었다지만 한때 어느 정도의 규모를 자랑했던 기업이다. 현재 Fixbugs는 중소기업, 천억이라는 돈도 겨우 긁어모아 마련했다.

"뭐, 전혀 문제될 게 없네."

용호는 아무 일도 아니라는 듯 답했다. 나대방으로서는 답답할 노릇이다.

"아니, 당장 고정비로 지급할 돈이 없단 말입니다!"

"크라우드 펀딩하면 되잖아. 킥스타터에 올려."

"…네?"

"킥스타터에서 오십억 모집하고, 나머지는 Fixbugs에서 발

생되는 이익으로 메우면서 조금씩 사람을 뽑으면 되는 거잖
아."

킥스타터.

크라우드 펀딩 사이트의 이름이다. 자본금이 없는 벤처 사
업가들이 자신들의 제품을 선주문할 수 있도록 만들어놓고
주문을 받는다.

그리고 목표 금액에 도달하면 물건을 제작해 사람들에게
배송해 주는 것이다.

간혹 펀딩에 참여했으나 사업가가 거짓말을 하는 경우도
있었다. 이 경우에 소비자는 아무런 보상을 받지 못한다는 단
점도 있다.

하지만 용호는 자신 있었다. 이미 샘플을 만들어둔 상태였
고, Fixbugs라는 회사도 엄연히 운영하고 있는 상황이다.

나대방도 알고 있었지만 미처 생각을 하지 못한 듯 보였다.

"그, 그럼 뭐 합니까! 어서 올리지 않고."

"이게 어디서 사장을 시켜먹으려고."

말은 그렇게 하고 있었지만 용호는 어느새 사이트에 접속하
고 있었다.

*   *   *

주식회사 팬텍.

한때는 주목받는 벤처 회사였다.

90년대 이후 제조업 분야에서 대기업이 탄생한 경우는 없다. 이미 기존에 활동하고 있던 대기업들의 지위가 더욱 고착화되어 새로운 기업이 탄생할 수 있는 환경이 아니었다.

더구나 1997년 일어난 IMF로 수많은 중소기업들이 도산했다.

그 위기 속에서도 살아남은 게 팬텍이었다.

그래서 사람들은 벤처 신화라고 불렀다.

그 속에는 이미 짜여 있는 한국 사회에 새로운 틈을 만들어낸 팬텍에 대한 경외감도 담겨 있었다.

하지만 결국 부채 5,400%라는 신기원을 이룩하고는 역사의 뒤안길로 사라지려 했다.

그리고 오늘이 공장 가동 마지막 일이었다.

"그간 고생했습니다."

공장장의 인사에 몇몇 사람들은 눈물까지 보였다. 미국 통신사에 납품할 무선 모뎀 3,300개가 마지막 제품이었다.

이 제품 뒤로 더 이상 공장에서 생산할 물건은 없다.

"오늘이 마지막이군요. 그간 여러분과 함께해서 즐거웠습니다."

공장장도 슬픔을 감추기 힘든지, 목소리에 물기가 가득했다. 젊음을 바쳐 키운 기업이다. 밤낮으로 일하며 회사와 함께 성장했다.

어느덧 50대, 회사는 부도났고, 마치 자신의 젊은 날들도 부정당하는 듯했다.

"앞으로 회사가 어떻게 될지는 모르지만 아마… 다른 곳에 인수되기는 힘들다는 말이 지배적입니다. 쉽지는 않겠지만 다른 일자리를 찾아보는 걸 추천드립니다."

공장장도 쉽게 입을 떼기 힘들었지만 말해줘야 했다. 생존의 문제다.

가족들의 생계를 책임지고 있는 가장도 있었다. 그들이 빨리 일을 찾지 않으면 한 가족의 생존이 위협당했다.

"마지막까지 모두 수고하셨습니다."

그 말이 마지막이었다.

곧이어 공장에 켜져 있던 불들이 하나둘씩 꺼지기 시작했다.

탁.

탁.

탁.

힘찬 소리와 함께 자신의 존재감을 알리던 기계들의 불이 먼저 꺼지기 시작했다.

연이어 천장에 붙어 있던 전등의 불빛도 꺼지고 있었다.

드르륵.

누군가 닫혀 있던 공장의 문을 열고 들어왔다.

"계십니까?"

낯선 사람들의 등장에 사람들의 얼굴에는 경계심이 가득했다.

"아, 아직 소식을 못 들었을 수도 있겠네요. 이번에 새롭게 판텍의 사장이 된 이용호라고 합니다."

용호가 먼저 자신의 신분을 밝혔다. 그럼에도 사람들은 쉬이 믿는 눈치가 아니었다.

공장장이 먼저 본사로 전화를 걸어 확인 절차를 거치려 했다. 하지만 그럴 필요가 없었다.

"공장장님, 사실입니다. 여기 이분이 회사를 인수하시기로 했습니다. 오늘은 실사 차원에서 나온 거고요."

공장장도 익히 알고 있는 본사 직원이었다. 본사 직원 얼굴에 웃음이 가득했다.

뭔가 좋은 일이 있다는 뜻이다.

"저, 정말입니까?"

공장장은 여전히 믿기지 않는 듯했다. 공장장 정도면 현재 회사가 어떤 상황인지 정도는 대략 알고 있다.

1,000%가 넘는 부채 상황, 한 번의 유찰… 회생 가능성은

제로였다.

얼마 전 인수를 타진했던 오성전자도 포기한 지 오래였다.

생산 능력, 스마트폰 연구진… 어느 것 하나 매력적인 부분이 없었다.

"네, 그러니까. 공장 불 끄지 않으셔도 됩니다."

본사 직원의 말에 용호도 고개를 끄덕였다. 그러고는 궁금하다는 듯 공장장을 보며 물었다.

"그럼 스마트폰이 어떻게 생산되는지 한번 안내해 주실 수 있을까요?"

살았다.

열심히 살았던 내 젊음은 부정당하지 않았다.

과거의 기력이 다시 되살아나는 듯했다. 실의에 빠져 있던 공장장의 표정이 대번에 밝아졌다. 그러고는 힘찬 목소리로 답했다.

"당연합니다. 이쪽으로 오시죠, 사장님."

용호의 뒤로 함께 공장을 찾은 나대방, 제임스 등이 신기한 듯 공장을 두리번거렸다.

*   *   *

스마트폰의 제조 공정은 대부분 비슷하게 이루어진다.

스마트폰의 각각의 부품이 들어가는 PBA 공정. 이 공정을 통해 스마트폰에 들어가는 보드를 조립한다.

조립된 보드에 디스플레이와 배터리를 장착하여 우리가 사용하는 스마트폰이 생산된다.

스마트폰에 들어가는 각각의 세세한 부품들은 자가 생산되는 것과, 다른 회사에서 사오는 것들로 나눠진다.

그중에서 가장 유명한 것이, 많은 사람들이 알고 있는 퀄컴이라는 회사에서 생산하는 스냅 드래곤이라는 모바일 AP다.

컴퓨터와 달리 소형화된 스마트폰을 생산하기 위해서는 하나의 칩이 여러 가지 기능을 담고 있어야 한다.

이 AP라는 것은 CPU면서, 동시에 그래픽 처리 장치이면서 사운드 역시 처리한다.

그러면서 Wi-Fi 기능도 탑재되어 있다.

대부분의 회사에서 퀄컴의 AP를 사용하고 있으며, 몇몇 대기업들의 경우에는 자체 생산하는 AP를 사용하는 경우도 존재한다.

공장장은 라인을 돌아다니며, 공정이 어떻게 진행되는지, 이러한 공정에 사용된 부품에는 어떤 것들이 있는지에 대한 설명을 이어나갔다.

공장 견학을 마친 후 사람들이 둘러앉은 자리에서 용호가 가져온 스마트폰을 꺼내 탁자 위에 올려놓았다.

"이게 앞으로 저희가 만들어야 될 스마트폰 샘플입니다."

"흐음……."

당장 겉으로 보기에는 여느 폰과 큰 차이가 없어 보였다. 물론 그건 용호가 설명을 하기 전까지의 반응이다. 이윽고 용호가 탁자 위에 놓인 폰을 들고 설명을 시작했다.

너무 젊은 사람이 사장이라고 찾아와 약간은 미심쩍은 부분도 있었다. 하지만 설명 전후 자리에 배석해 있던 사람들의 반응은 180도 달라졌다.

"가, 가능하긴 한 거였군요."

이미 알고 있었다. 쿠글에서 진행하는 프로젝트 '아바'가 이와 같은 콘셉트로 일을 진행하고 있었다.

출시가 계속해서 연기되고 있다는 사실 역시 알고 있었다. 그래서 불가능한 일이라 생각했다.

"어때요, 대량생산이 될까요?"

이건 일종의 샘플이었다. 이 샘플을 대량생산하는 건 또 다른 문제였다.

용호는 이 분야에 대해서는 문외한이나 마찬가지다. 이번에 제작된 샘플 역시 제임스가 미국과 한국을 오가며 만들어낸 것이다.

"한번 알아봐야 될 것 같기는 한데… 될 겁니다. 아니, 무조건 되게 해야죠."

용호가 들고 온 스마트폰을 보는 공장장의 눈빛이 반짝였
다. 15년 전, 자신이 처음 이곳에 생산 직원으로 입사했을 때
처럼 심장이 두근거림을 느꼈다.

이건 된다.

그런 신호가 머릿속을 떠나가질 않았다.

아직 완벽한 제품이 아니라는 걸 감안하고 보더라도, 입을
다물 수가 없었다.

집으로 돌아와서도 용호가 꺼내놓은 스마트폰이 머릿속에
서 떠나가질 않았다.

아직 제작된 샘플이 적기도 했지만 인수 절차가 마무리되
지 않았다는 이유로 제품을 가져올 수는 없었다.

용호가 공장장에게 부탁한 건 이 제품을 만들기 위한 생산
라인을 고민해 달라는 것이었다.

"여보, 괜찮아? 너무 걱정하지 마… 애들도 이해해 줄 거
야."

공장장의 근심 어린 표정에 부인이 먼저 위로의 말을 건네
왔다. 이제 아이들이 막 대학 4학년이었다. 한창 돈이 많이 들
어갈 시기는 지난 것이다.

"으, 응?"

공장장의 정신은 그곳에 있지 않았다. 머릿속이 풀 회전하

며 용호가 주문한 것들을 맞출 수 있는지 고민했다.

각각 다른 부품들을 생산하는 기계장치에는 어떤 것들이 있는지, 그리고 어디에 어떻게 배치하고 가격대는 얼마인지, 어디서 구매하면 될지를 고민했다.

하루 이틀 만에 해결될 일이 아니었다. 지금 당장 바빠질 듯했다.

"괘, 괜찮다고……."

오늘이 마지막 출근일이라는 것 역시 부인도 알고 있었다. 그 사실을 공장장도 이제야 깨달았다.

"아, 내일도 출근하게 될 것 같아. 내일만이 아니라, 앞으로 계속."

"당신 방금 뭐라고 했어?"

"회사가 다시 살아났어. 이번에 새로운 일을 맡았고, 그러니까 너무 걱정하지 않아도 돼."

잔뜩 드리워져 있던 근심 걱정이 빠르게 걷어졌다.

"저, 정말?"

고개를 끄덕인 공장장이 다시 한번 힘주어 강조했다.

"응, 정말이지. …그게 문제가 아냐, 회사가 다시 살아나는 정도가 아니라 잘만 되면."

혹시 부정이 탈까 공장장은 뒷말은 내뱉지 않았다. 그러고는 바로 서재로 들어가 한동안 나오지 않았다.

찾아봐야 할 게 산더미였다.

*　　　　　*　　　　　*

2,000억.

2008년 당시 팬텍 본사 건물 매각 대금이었다.

그 뒤로 빌딩은 회사의 것이 아니었다. 임대해서 사용했다. 그건 용호가 회사를 인수한 뒤에도 마찬가지였다.

그 본사 건물을 용호가 찾았다.

"크네요."

지하 5층에 지상 22층, 얼마 전 찾았던 에이버 본사 건물과도 규모 면에서는 그리 꿀리지 않는 크기였다.

용호도 고개를 뒤로 꺾고 나서야 겨우 건물 전체를 조망할 수 있었다.

"크긴 한데… 상암이라 너무 멀다."

집에서 너무 멀었다. 유일한 단점이다.

"그럼 들어가시죠. 회장님."

나대방이 과장되게 손짓하며 문을 열었다.

직원들이 도열한 채 대기하고 있었다. 마치 군대에 와 있는 듯한 모습, 용호는 거부감에 절로 인상이 굳어졌다.

"안녕하십니까."

임원들이 일제히 용호에게 인사했다.

딱딱한 분위기.

첫 번째로 척결해야 할 문화라 여겼다. 지금 보이는 의전 행사만으로도 지금까지 회사가 어떻게 굴러왔는지 충분히 알 수 있을 것 같았다.

"가서 일들 보세요. 오늘은 그저 잠깐 들른 것뿐이니까요."

용호의 만류에도 몇몇 사람은 용호의 뒤를 따라붙었다.

새로운 사장이 출현했다. 사장 뒤로 줄을 서는 건 어쩌면 당연한 일이었다.

"하하, 아닙니다. 사장님께 드려야 할 말씀도 있고요."

몇몇 임원들이 고개를 숙이며 다가왔다. 용호는 자신에게 다가오는 임원들의 얼굴에서 과거의 인물들을 떠올려야 했다.

결코 좋은 추억을 가진 사람들은 아니었다.

"괜찮습니다. 일들 보세요."

하지만 용호는 단호했다. 그제야 사람들도 하나둘씩 용호의 주변에서 흩어졌다.

빌딩의 가장 꼭대기 층.

용호는 그곳으로 직행했다.

확실히 달랐다.

주인으로서 왔을 때와 신세기를 다녔을 때, 누군가의 부름을 받고 왔을 때가 확연히 달랐다.

"이제 여기가 형님 사무실이라는 거 아닙니까?"

나대방은 들어오자마자 회장 자리에 털썩 앉았다. 함께 온 손석호나 제임스도 주변을 두리번거리기에 여념이 없었다.

공장에 갔을 때와는 또 사뭇 다른 분위기였다.

휘황찬란한 빌딩, 그 안을 채우고 있는 고급스러운 마감재들이 과거 판텍의 영광이 얼마나 대단했는지 알려주었다.

"그래서 망한 거지."

용호는 냉정하게 평가했다. 회장 의자에 앉아 한 바퀴 빙그르 돌며 빌딩 아래로 보이는 한강을 감상하던 나대방이 물었다.

"망했다고요?"

"그래, 돈을 이런 데 쓰니까."

돈은 이런 데 쓰는 게 아니다.

과도한 마케팅 비용.

핸드폰을 하나 개발하는 데 오억이 들었다면 마케팅을 하는 데 십억을 쓴다.

재무제표에 나와 있는 현실이었다.

"앞으로 마케팅 비용은 없습니다."

"……."

"우리가 만들었다는 이유만으로 마케팅이 될 겁니다. 그러니 광고에 쏟는 비용을 없애겠습니다. 그리고 경영 지원은 지금의 1/4로 줄여주세요. 대신 그만큼 연구 인력의 질을 높이도록 하겠습니다."

용호가 자신의 포부를 하나씩 말해 나갈 때마다 각 부서의 명암이 교체했다.

"마지막으로 이제 스마트폰 개발팀장은 여기 제임스가 맡아줄 겁니다."

이미 제임스의 지인들 위주로 인력 역시 스카우트을 해온 상태였다. 모두 조립식 스마트폰을 위한 포석이었다.

*　　　　*　　　　*

스마트폰 출시를 위한 준비는 착착 진행되어 나갔다. 기능에 문제는 없었고, 디자인에 많은 신경을 쏟았다.

문제가 생길 수 없었다.

이슈가 터질 때마다 용호가 직접 공장에 내려가 모든 일을 진두지휘했다.

칩이 하나 붙어 있지 않네요.

프레임워크에 문제가 있습니다.

OS 쪽 문제니 제가 연락하겠습니다.

직원들 사이에서 가히 신이라 불렸다.

어떤 문제든지 눈으로 한번 슥 훑어보면 바로 해답이 나왔다. 그날도 마찬가지였다.

생산 도중 문제가 생겨 용호는 바로 김포를 찾았다.

"이건 우리 쪽 문제가 아닙니다. 해당 칩사에 연락해서 고치라고 전해주세요."

"…아, 그게 사장님."

용호의 말에 공장장이 곤란한 듯 말을 잇지 못했다.

"왜요? 무슨 문제 있습니까?"

"그게, 칩사 문제가 정말 확실한가요? 지금껏 그런 경우가 없어서… 그리고 문제가 있더라도 그쪽에서 대응을 잘 안 해줍니다. 이 칩에 들어가 있는 코드 역시 고치거나 볼 수 없고요."

용호도 대충 들은 적이 있었다. 오성전자 정도 되는 대기업은 돼야 상대를 해준다.

구매 파워가 작은 회사의 요구 사항은 대부분 묵살당했다.

스마트폰에 들어가는 모바일 AP 시장을 독점하다시피하고 있기 때문에 가능한 일이었다.

"그래서… 이대로 출시하자는 말인가요?"

용호가 방금 생산되어 나온 따끈따끈한 시제품에 손을 가져다 대보았다.

엄청난 발열.

간단한 앱을 실행시켜 보았을 뿐인데 손을 댈 수 없을 정도의 발열이 발생했다.

"……."

공장장도 해답을 내놓지 못했다. 어쩔 수 없는 일이다. 용호는 공장장일 뿐인 사람에게 너무 많은 걸 요구하고 있나 싶었다.

"알겠습니다. 제가 한번 알아보죠."

모바일 AP는 스마트폰의 뇌이자 심장이다.

연산 기능에서부터, 우리가 사용하는 음성 통화 관련 하드웨어들이 모두 이곳 AP에 들어가 있었다.

국내에서도 독자 기술로 개발하고자 하는 움직임이 일고 있으나 아직 미국 회사를 따라가지 못했다.

점유율은 거의 50%에 육박했다.

그 뒤를 따르는 것이 저가형 스마트폰에 많이 들어가는 대만 회사였다.

오성전자에서 생산하는 AP는 세계시장에서 보면 3% 정도의 점유율일 뿐이다.

스마트폰 출하량은 세계 1등이지만 스마트폰에 들어가는 핵심 부품들은 하나같이 외국산 제품을 사용한다.

그래서 사람들이 말하는 것이다.

스마트폰을 파는 오성전자는 결국 외국에 돈을 벌어주는 기업이다. 오성전자를 이루고 있는 주주의 대부분이 외국인이라는 점도 있지만 이러한 사정도 있는 것이다.

그것이 작금 대한민국의 현실이었다.

"형님, 설마 AP까지 만드실 생각은 아닌 거죠?"

나대방은 설마 했다. 아직 완제품이 나오지도 않은 마당에 AP까지 만들겠다고 설치지나 않을까 걱정스러웠다.

"뭐, 당장은 아니야. 그게 중요한 게 아니니까."

당장은 아니라는 말이 더 무서웠다.

"그러니까 옆에서 바람이나 잘 잡아."

"그거야 걱정 마시고, 정말 저 사람들을 설득할 만한 근거를 들이미셔야 할 겁니다."

"너야말로 걱정하지 마라."

용호와 나대방은 모바일 AP를 생산하는 미국 회사의 본사 앞에 도착해 있었다.

제임스까지 달랑 셋.

하지만 일당백의 인원들이다.

Chapter 3
문제는 기술이다

건물을 나오던 용호의 감상은 하나였다.

"자부심 하나만은 세계 최고구나."

말을 해도 통하지 않았다. 일단은 방어하기에 급급했다.

확인해 보겠습니다.

확인해 보겠습니다.

그저 확인해 보겠다는 말로 대신했다. 확인해 보겠다는 말이 전부였지만 약간은 무시하는 투도 섞여 있었다.

너네가 그걸?

용호는 답답했지만 일단 물러섰다.

타 회사의 핵심 기술을 마음대로 열람할 수도 없는 노릇이다. 어떻게 수정하면 되는지까지 알려주었으니 '공'은 넘어간 셈이다.

모바일 AP에 들어가는 코드는 핵심 중에서도 핵심, 미국 회사 내에서도 인정받는 몇몇만이 접근 가능할 터였다.

용호를 상대한 담당자가 알 턱이 없었다.

아마 한국의 대기업보다는 짧은 기간 안에, 담당자에게서 코어 개발자에게 전달이 될 것이다.

비록 언제 전달이 될지 기약할 수 없음에도.

"잘 전달될까요?"

"설마 한국 회사도 아닌데… 그럴 리가 있을까."

"저보다 형님이 잘 아실 거라 생각하고 있지만… 이거 잘 안 되면 Fixbugs도 힘들어집니다."

나대방의 목소리가 진중해졌다.

있는 돈 없는 돈, 영혼까지 끌어모아 인수한 회사였다. 사업을 하다 보면 간혹 무리를 하는 경우가 있다고 한다.

지금이 바로 그 상황이었다.

"알고 있다. 알고 있으니까… 너무 걱정하지 마."

"알고 계시다니 두 번 말하지는 않겠습니다. 저희는 시간이 없습니다. 그것 하나만 기억해 주십시오."

용호도 겉으로는 태연한 척했지만 마음만은 그 누구보다 급했다. 한시라도 제품을 빠르게 출시해서 시장을 선점해야 한다.

시간이 지나가는 사이 쿠글에서 제품을 출시하면 게임은 끝날지도 모른다.

더군다나 고정비는 계속 지출되고 있다.

한시라도 빨리 제품을 출시해야 할 시점에 이러지도 저러지도 못하는 상황에 몰린 것이다.

문을 나와 거리를 둘러보니 유독 한국인이 눈에 많이 띄었다.

"왜 이렇게 한국인이 많냐?"

더구나 하나같이 목에는 사원증을 걸고 있었다. 한국인이라면 누구나 알고 있는 오성전자와 MG전자 사람들이 대부분이었다.

"미국에 수출되는 스마트폰 테스트 때문에 그런가 보죠 뭐."

나대방이 대수롭지 않다는 듯 말했다.

말 그대로였다. 미국 칼컴 칩을 사용하는 회사들이 주변 건물을 임대하여 사용하며 이슈 사항에 대응하고 있었다.

용호만이 겪고 있는 문제가 아니었다.

또한 문제는 발열 하나만이 아니었다.

"미국 통신사별로 커스터마이징해야 하는 부분도 있다고 하더라고요. 그런 작업도 해야 되고, 아무래도 옆에 있으면 칼컴 칩에 생기는 이슈 사항들에 대해서 빨리 대처할 수 있으니까요."

말에 막힘이 없었다. 이곳에 오기 전 나대방이 충분히 사전 조사를 한 듯했다.

"그렇단 말이지……."

시간이 부족했다.

당장 내일이라도 스마트폰을 출시해야 한다. 소프트웨어적인 문제는 용호에게 이슈 사항이 아니었다.

하드웨어적인 부분은 제임스가 책임지고 만들어 나갔다. 칼컴과 통화를 마친 나대방이 실망스러운 소식을 전했다.

"자기들 문제가 아니랍니다."

"…이건 뭐, 이렇게까지 해도 우기는구나."

기술적인 부분에 대해서 양보가 없었다. 몇 번이고 문의했지만 확인해 보겠다는 답변이 다였다.

해결할 수 있는 가이드라인을 보내줘도 검토해 보겠다, 자신들이 발생시킨 문제가 아니라는 답변만이 돌아왔다.

"아무래도 구매 파워가 약하다 보니……."

용호의 회사가 구매하는 칩셋의 양 자체가 미미했다. 천 개 단위로는 칼컴에게서 관심을 끌지 못했다.

천 개 정도 못 판다고 해서 손해 볼 것도 없다.

"이건 뭐, 갑질하는 건 미국이라고 해서 다르지도 않네."

용호는 새삼 느꼈다.

힘이 없다면 어디서든 대접받지 못한다. 그건 상식이 통하는 미국이라 해도 마찬가지다.

이미 계약이 되어 있다면 철저히 계약에 의해 움직인다. 하지만 자신들의 잘못을 인정하는 건 다르다.

쉬이 인정하지 않았다.

벌써 며칠을 별 소득 없이 샌디에이고에서 죽치고 있는 중이었다.

도대체 어떤 검토가 얼마나 필요한지 모르겠지만, 이제는 한계였다. 이렇게 칼컴의 답변만을 기다릴 수는 없다.

자신들은 자본금이 충분한 대기업이 아니다.

용호가 자리에서 일어났다.

"더 이상은 안 되겠다."

"칼컴 본사로 가시려고요?"

"아니."

"그럼요?"

"본사 바로 앞."

"네?"

"본사 바로 앞에 천막을 칠 거다."

나대방은 표정 관리가 되질 않았다. 천막을 치고 무슨 짓을 하려는 건지 쉬이 이해가 가지 않았다.

"Fixbugs 샌디에이고 지사. 더군다나 칼컴 칩 이슈 때문에 사람들이 많다면서. 고객들이 찾아오지 않으면 찾아오게 만들어야지."

어쩌면 막 나가는 게 지금 상황을 타개할 수 있는 가장 좋은 방법일 수도 있었다.

Fixbugs 샌디에이고 지사.

어떤 버그든 해결해 드립니다.

가격 '무상'.

자신들의 말을 들어주지 않는 상황을 타개하기 위한 고육지책이었다.

용호는 샌디에이고 본사 앞에 천막을 치고, 컴퓨터 한 대와 책상 하나를 두고 앉아 있었다.

"이게 무슨 점집도 아니고."

나대방이 툴툴거렸지만 용호는 듣지 않았다.

"툴툴거릴 시간에 나가서 손님이라도 잡아와."

"지, 지금 저보고 호객 행위라도 하라는 말입니까?"

"응. 너 그런 거 잘하잖아."

"……."

사람들의 시선을 끌기에는 충분했다.

발단은 호기심이었다.

점심을 먹고 들어가던 오성전자 사람 중 한 명이 용호에게 다가 왔다.

"저, 정말 Fixbugs 사장님 맞아요? 그때 지하철 사고도 막았던?"

믿기지가 않는지 몇 번이고 물었다. 용호가 고개를 끄덕여도 믿지 못하는 눈치였다.

그는 스마트폰을 켜고 뉴스에 나온 용호를 확인하고 나서야 조심스럽게 USB 하나를 내밀었다.

"지, 진짜 공짜인 거죠?"

"물론입니다."

첫 번째 손님 개시였다.

모든 건 사람들의 시선을 끌기 위함이었다.

*   *   *

길게 늘어선 줄이 어느 정도의 인기를 자랑하는지 알 수 있는 듯했다. 나대방은 근처에서 번호표를 나눠 주고 있었다.

개중에는 칼컴 본사에 다니는 개발자들도 몇몇 속해 있었다.

순전히 호기심 덕분이었다.

본사 앞.

허름한 천막 앞에 줄지어 늘어선 사람들이 도대체 왜 저렇게 서 있는지 궁금했다.

이유는 금방 알 수 있었다.

"…해결된 겁니까?"

"확인해 보시라니까요."

이미 용호의 신통방통함을 경험한 사람들이 어서 비키라는 듯 신호를 보냈다.

처음에는 모두 비슷한 반응이었다.

말도 안 된다는 표정을 짓다가 차츰 '이럴 수가!!'라는 표정으로 변한다. 그러고는 이내 경악스러운 표정으로 용호를 바라본다. 이제는 익숙했다.

일대 장관이 펼쳐졌다.

5평도 되지 않는 천막 앞에 사람들이 줄지어 서 있었다. 줄은 줄어들 기색은 보이지 않고 늘어만 갔다.

"감사합니다."

"네, 다음 분."

용호는 빠르게 문제점을 알려주었다.

일반 소프트웨어에서 발생하는 문제는 경험으로 알 수도 있다고 사람들은 생각했다.

하지만 커널에서 발생하는 버그들은 달랐다.

JTAG과 같은 고가의 장비들이 있어야 정확한 진단을 할 수 있다.

0과 1이라는 디지털 신호가 목표로 하는 하드웨어에 도달했는지 확인해야 하는 것이다.

하지만 용호에게는 필요 없다.

그저 눈으로 한 번 스윽 훑으면 답이 보였다. 마치 점쟁이를 보는 것 같았다.

"부팅 시 칩셋이 제공해 주는 API에 문제가 있습니다. 오성전자 문제가 아니니까. 칼컴에 확인해 달라고 하세요. 자세한 내용은 시간이 없어서."

채 일주일도 지나지 않은 시점에 벌어진 일이었다.

여전히 나대방은 마음에 들지 않는 듯했다. 천막을 치고 버그를 고친다니, 조금은 부끄럽기도 했다.

"형님, 모양 빠지게 이게 뭐 하는 겁니까."

"뭐 하는 짓이긴, 회사를 위해 최선을 다하는 거지."

"아무리 그래도 사장인데……."

용호가 정색하며 나대방을 바라보았다.

"잘 들어, 대방아. 사장이라고 어떤 특권을 가진 게 아냐. 오히려 회사를 위해 더 노력하라는 뜻이지. 벼는 익을수록 고개를 숙인다고 했어. 혹시나 너도 부사장이라고 어떤 특권 의식을 가지고 있었다면 지금 당장에라도 버리는 게 좋을 거야."

용호가 정색하며 말하자 나대방도 아무 말 하지 못했다.

우리나라에서 잘나가는 음원 기획사들도 처음 미국 시장에 진출할 때는 CD를 들고 유명 회사들을 찾아다닌다.

Fixbugs도 실리콘밸리에 진출한 지 꽤 되는 유망 기업일지 모른다. 하지만 잠깐의 이슈만 되었을 뿐이다.

아는 사람만 아는 기업이다.

"봐봐, 마침 저기 사람들도 찾아오네."

일련의 사람들이 천막으로 다가왔다. 하나같이 갈색 머리 외국인들, 한국인은 보이지 않았다.

"이야기 좀 나눌 수 있을까요?"

용호도 기다리고 있던 바였다.

*   *   *

얼마 전 만났던 담당자보다는 권한이 더 많은 듯했다. 말과 행동에서부터 여유가 흘러넘쳤다.

"개발자들 사이에 칭송이 대단하더군요. 좀 더 알아보니 Fixbugs 사장이시기도 하고, 이거 몰라봤습니다."

"그런 건 상관없습니다. 단지… 발열 문제가 어떻게 됐는지 알고 싶은데요."

"아! 발열 문제는 곧 수정이 끝날 것 같습니다."

끝까지 자신들의 문제임을 인정하고 넘어가려 하지 않았다. 그저 어물쩍 넘어가려 했다.

"그래요?"

"그것도 그건데… 혹시 저희 회사에서 일하신 적이 있습니까?"

담당자가 궁금한 건 따로 있었다.

하도 바깥이 시끌벅적하여 좀 더 자세하게 알아봤다. 용호가 어떤 사람인지도, 용호가 제기한 이슈도 하나같이 놀라울 뿐이었다.

그중에서도 가장 놀라운 건 특급 기밀로 분류되는 자사의 핵심 코드를 마치 눈으로 본 것처럼 어드바이스했다는 점이다.

용호가 아쉽다는 듯 중얼거렸다.

"문제가 그게 다라고 생각하시나 보네요."

이미 담당자도 충분히 알아보았다. 굉장한 프로그래밍 실력을 가지고 있다.

더군다나 용호가 세운 Fixbugs라는 회사는 버그 분석 분야에서 대표 툴이었다.

"다, 다른 문제도 있다는 말입니까?"

기술력의 정점에 있는 칼컴이다. 모바일 AP에 관해서라면 세계 최고 수준의 기술력을 가졌다고 남들이 인정한다.

스스로 내세우는 것이 아니라, 주변 다른 회사들이 인정한다는 뜻이다.

그런 회사에게 용호가 태클을 걸고 있었다.

"네."

짧지만 단호했다.

"……"

"발열 문제도 문제지만, 연산 쪽에도 문제가 있습니다."

자존심이 대단했다. 궁금해하고 있지만 쉽사리 물어보지 않았다. 회사에 대한 자부심인지, 스스로에 대한 자부심인지까지는 알 수 없었다.

"이런 게 세계 최고라니, 믿기지가 않군요."

나대방이 아연실색하여 용호를 바라보았다. 너무 나간 듯했다. 어찌 되었든 자신들은 부탁을 하러 온 입장이다.

발열 문제를 잡아서 칩을 다시 공급해 주십시오.

아니면 기존 칩을 수정하여 다시 공급해 주십시오.

모바일 AP가 없으면 스마트폰은 깡통이나 마찬가지다. 그런 사람을 도발하는 행위였다.

"세계 최고라면 단 한 건의 버그도 없어야 하는 거 아닙니까? 그런데 문제를 알려줘도 구매 파워가 작다고 무시하고, 이제 사람들 사이에 입소문을 타기 시작하니까 다시 보자고 부르고. 오라면 오고, 가라면 가야 됩니까? 기술력을 중시하는 회사에서 갑질하는 회사로 바뀌었으니 이런 문제가 터진 것도 이해가 되네요."

담당자의 얼굴이 달아올랐다.

폭발 직전.

옆에 앉아 있던 나대방도 안절부절하지 못했다.

*   *   *

CPU(Central Procesing Unit: 중앙처리장치).

흔히 우리가 컴퓨터의 뇌라고 알고 있는 장치다.

프로그램의 명령어를 해석하여 인간이 내린 명령을 수행한다. 우리가 내리는 모든 명령이 이진수, 즉 0과 1로 바뀌어

CPU로 전달되어 해석된다.

0과 1이라는 개념이 잘 이해가 되지 않을 수도 있다. 이렇게 생각하면 간단하다. 0은 전기가 통하지 않는 상태, 1은 전기가 통하는 상태다.

전기적인 신호가 빠르게 ON/OFF 되는 신호를 컴퓨터가 받아들여 해석한다고 생각해도 무방하다.

용호가 말한 연산에 문제가 있다는 곳은 바로 이 부분이었다.

"…정말 방법이 있는 겁니까?"

용호의 도발에도 이성적으로 접근했다. 마주 화를 내거나, 협상은 끝났다며 자리를 파하지 않았다.

당연한 일이다.

"저희 쪽 문제가 맞습니다. 놀라운 건 해결 방법이라고 준 가이드라인이 저희가 안고 있는 문제를 정확하게 짚었다는 겁니다. 마치 코드를 아는 것처럼……."

이미 언질을 받고 온 차였다.

더구나 Fixbugs 샌디에이고 지사라고 이름 붙여진 허름한 천막 안에서 벌어진 일들에 대해서도 알고 있었다.

덕분에 엄청난 양의 일감이 개발자들에게 떨어져 내렸다.

오성전자와 MG전자뿐만 아니라 칼컴 칩을 사용하는 회사들에서 엄청난 양의 버그 리포팅이 도착했다.

모두 용호 덕분이었다.

"있습니다. 제가 알려준 가이드라인이 어떤 건지 아신다면, 그런 질문은 의미 없을 거라 생각합니다만."

이미 누구에게 주도권이 넘어왔는지는 그 자리의 누구나 알 수 있었다. 판텍에 공급하는 칩에 대한 조치는 그 어떤 회사에 공급하는 칩보다 빠르게 수정이 이루어졌다.

                    *   *   *

약자를 응원하는 건 대부분의 사람의 본능이다. 새로운 물건을 찾아보고자 하는 마음도 있었지만 이러한 본능도 숨어 있었다.

오늘도 킥스타터를 뒤적거리던 사람들의 시선에 눈에 띄는 제품 하나가 있었다.

"응?"

제품 스펙만 봐서는 이미 쿠글에서 개발하고 있는 제품이었다. 하지만 제조사가 쿠글이 아니었다. 더구나 자주 보던 회사라 익숙하다 생각했더니 알고 있던 그 기업이 맞았다.

"모듈러 원. 목표 금액 오십억이라… 하나 사볼까."

기본 사양은 십만 원이다.

거기에 카메라, 집진센서, 태양열 배터리같이 부수적인 부품들을 더할 수 있었다.

뿐만 아니라 한 가지 옵션이 더 있었다.

"개발 키트 제공?"

판텍에서 제공해 주는 오픈 API를 사용하여 하드웨어를 제작해 모듈러 원에 붙여볼 수 있었다. 개인이 커스터마이징한 하드웨어를 핸드폰에 붙여볼 수 있게 만든 것이다.

"오오, 이건 사야지."

라즈베리파이, 아두이노와 같은 오픈 하드웨어들이 대유행하고 있다.

이제는 오픈 소스를 넘어 오픈 하드웨어로 나아가고 있다. 그러한 시대의 흐름에 발맞춘 행보였다.

개발 키트를 제공하는 것에서 끝낼 생각은 없었다.

"개인들이 제작한 하드웨어를 팔 수 있는 플랫폼을 만들자고요?"

"그래, 수량에 따라서는 우리가 생산까지 해주는 거야."

"……"

"쿠글 마켓에 수많은 개발자들이 앱을 올려서 상당한 수입을 올리고 있어. 이제는 그게 하드웨어로 넘어올 거야."

말을 하던 용호가 '모듈러 원'을 집어 들었다.

"바로 이 제품을 통해서."

카스퍼스키는 별 관심이 없어 보였다. 그저 용호가 하는 말을 듣고만 있었다.

제임스는 흥분되는 마음을 주체하지 못했는지 발을 동동 굴렀다. 하드웨어라면 자신이 가장 관심 있는 분야였다.

용호에게 아이디어를 낸 것도 자신이다.

그 아이디어를 실행하겠다고 말하는 것이다.

"이른바 모듈 마켓, 그 수익을 토대로 OS 제작까지. 어때?"

"형님, 내실 다지기 모르십니까. 자꾸 이렇게 확장만 하려고 하면 어떡합니까. 그리고 이제 겨우 킥스타터에 올린 제품 오만 대가 팔렸을 뿐입니다."

"내실 다지기는 제품에 자신 없는 사람들이나 하는 거지. 우리는 아니야. 완벽한 품질을 가지고 있으니까."

버그를 분석하는 회사에서 생산한 제품에 버그가 발생하면 안 된다.

그러한 생각을 바탕으로 단 한 건의 버그도 발생시키지 않기 위해 수천, 수만 번의 테스트를 거쳤다.

물론 거기에는 버그창도 한몫 톡톡히 했다.

풀가동.

공장장은 활력 있게 돌아가는 공장 내부의 모습을 보며 뿌듯한 마음을 감출 수가 없었다.

반평생을 헌신한 대가는 경영진의 잘못된 판단과 기술력 부족으로 인한 부도였다.

회사의 부도는 곧 자신의 인생이 부도난 것과 마찬가지였다.

50대 가장으로서의 위치는 흔들렸고, 이는 곧 자신감 부족과 삶에 대한 회의로 이어졌다.

하루가 다르게 허무함에 빠져드는 날이 많았다.

자부심보다는 자괴감에 빠져 건강을 생각해 줄이던 술이 오히려 늘었다.

'장가는 어떻게 보내야 하나…….'

이제 대학생인 아들과 딸의 결혼 비용도 걱정이었다. 경비원이라도 해봐야겠다는 생각에 몇몇 군데 이력서를 내보았지만 하나같이 거절당했다.

대기업 공장장.

이유는 간단했다. 대기업에서 공장장을 했다는 것이다. 대기업에 다니던 사람들은 이런 허드렛일을 하지 못한다는 것이다.

실의에 빠진 나날들.

공장이 활기를 가지면서 언제 그랬냐는 듯 활기를 되찾아갔다.

"생산에 차질은 없겠죠?"

"하하, 물론입니다. 맞춰야죠. 무조건 맞추겠습니다."

"그래도 무리는 하지 마십시오. 야근과 특근에 들어가는 비용은 법에 따라 지급해 주시고요."

공장이 풀가동되고 있었다. 그랬음에도 물량을 맞추기 힘들었다.

마케팅비는 단 1원도 사용하지 않았다. 광고를 내주겠다는 언론의 요청은 모조리 거절했다.

그랬음에도 제품은 날개 돋친 듯 팔려 나가고 있는 중이었다.

*　　　　*　　　　*

화려한 밤거리를 자랑하는 강남.

회사가 성장 가도를 달려도 용호는 밤늦게까지 회사를 떠나지 않았다.

그건 서보미도 마찬가지였다.

용호가 내준 새로운 숙제인 OS 개발에 매진하느라 회사 죽순이가 되었다.

같은 나이대의 친구들이 소개팅이다, 클럽이다, 밤거리를 활

보할 때 서보미는 하루 종일 책상 앞에 앉아 있었다.

그래도 나름 뿌듯함이 있었다.

회사가 하루가 다르게 성장하고 있다.

그걸 자랑할 친구가 없다는 건 함정이지만.

"오늘도 야근해요?"

늦은 시간 용호가 외투를 집어 들며 물었다. 어느새 겨울, 하늘에서 내린 눈이 거리를 가득 메우고 있었다.

"아, 저도 이만 가야죠."

서보미도 자리에서 일어났다. 내리는 눈을 보고 있자니, 오늘만은 회사에 있고 싶지 않았다.

회사 밖에 눈에 띄는 사람들이 거리에서 서명을 받고 있었다. 가슴팍에 노란 리본을 단 사람들, 세월호 참사를 아직 잊지 않은 사람들이었다.

"아직도 있네요."

용호도 기억하고 있었다. 전 국민이 슬픔에 잠긴 날이었다. 서명을 받고 있는 사람들 옆에는 참상의 생생함을 알리는 사진들이 전시되어 있었다.

바다에 코를 박고 빠져 있는 배, 그리고 그 안에서 학생들이 찍은 것으로 보이는 바닷속 사진이 눈을 찔러왔다.

하지만 그뿐이다.

마음이 안타까움으로 물들었지만, 용호는 어느새 회사의 보신(保身)으로 머리와 마음이 꽉 찬 상태였다. 책임져야 할 수백의 직원들 생각만으로도 머리가 복잡했다.

"응? 서보미 씨?"

서보미는 한 장의 사진에서 눈을 떼지 못했다. 어두컴컴한 배 안에서 찍은 듯한 사진이었다.

조그마한 창문으로 찍은 짙푸른 바닷속은 섬뜩해 보였다.

하지만 용호가 서보미를 부른 건 사진 때문이 아니었다.

"괜찮아요?"

서보미는 눈에서 흘러내리는 눈물을 닦을 생각도 못 한 채 사진에 집중해 있었다. 눈물이 흐르는지 인지하지도 못하는 듯 보였다.

'무서워……'

그때의 공포가 되살아났다. 저 안에서 아이들이 느꼈을 끔찍한 공포가 온몸을 찔러댔다.

한 발자국도 움직일 수가 없다.

누군가가 몸을 옥죄어, 의지대로 할 수 있는 것은 머릿속 생각뿐이었다.

구, 구해줘요.

소리 질렀지만 누구도 듣지 못했다. 입을 벙긋벙긋했지만 소리가 되어 흘러나오지 못했다.

지금 이 순간 물속에 잠긴 듯했다.

물론 아니라는 걸 이성적으로는 인지하고 있었다.

하지만 몸이 말을 듣지 않았다.

그때 희미하지만 소리가 들려오는 듯했다. 귀가 들리지 않은 채 생활한 게 벌써 몇 년이다.

한 번도 이런 적이 없었다.

"서보미 씨, 정신 차려봐요. 서보미 씨."

분명 귀로 자신을 부르는 소리가 들렸다.

사진에 집중되어 있던 시선이 용호에게로 옮겨졌다. 눈에서 흐르는 눈물을 닦을 생각도 하지 못한 채 자신을 보는 모습이 너무 애처롭게 느껴졌다.

용호가 두 팔을 벌려 살며시 서보미를 감싸 안았다.

"괜찮아요. 괜찮아."

서보미의 등을 두드려 주었다. 그제야 정신이 돌아오는지 서보미의 멍하던 눈빛이 초점을 찾아갔다.

"사, 사장님."

자신을 부르는 소리에 용호가 고개를 숙여 서보미와 눈높이를 맞추었다.

눈물에 번져 버린 마스카라, 볼 아래로 그려져 있는 기다란

자국, 그 끝에 꽃망울처럼 오므려져 있는 입술이 눈에 들어왔다.

그 모습이 너무 선연하게 눈에 들어와, 용호는 이성의 끈을 놓치고 말았다. 이성과 사고(思考)는 끊기고, 가슴을 끓게 하는 안타까움과 보호 본능이 솟구쳤다.

용호의 고개가 더 아래로 내려갔다.

서보미는 자신도 모르게 눈을 감았다.

귀가 들린다고 생각한 건 자신이 착각한 게 맞았다. 그리고 끔찍하게 느껴졌던 공포도 다행히 착각이었다.

공포가 아닌 미칠 듯한 달콤함이 찾아왔다.

*　　　*　　　*

나대방이 용호를 이상하다는 듯 바라보았다. 미친 사람처럼 일하다 말고 피식대기 일쑤였다.

"형님, 그렇게 좋습니까?"

움찔.

피식거리며 웃던 용호가 몸을 움츠리며 경계의 눈빛으로 나대방을 바라보았다.

뭔가 찔리는 게 있는 듯 보였다.

"모듈러 원이 잘 팔리는 게 그렇게 좋아요? 좋아서 막 하루 종일 웃음이 나올 만큼 좋냐고요."

"아, 조, 좋지."

용호가 어색해하며 답했다. 그러고는 다행이라는 듯 가슴
을 쓸어내렸다.

"하하, 저도 좋습니다. 정말 너무 좋아요."

나대방이 호탕하게 웃음을 터뜨렸다. 가슴이 벅차오를 만
큼 좋았다.

매일 보고되는 매출 상황을 들을 때마다 입이 위에 걸릴
만큼 미소를 감추기 힘들었다.

"이러다 우리 정말 엄청난 회사가 되는 거 아닙니까?"

나대방은 아침에 눈을 뜨면 한시라도 빨리 회사로 오고 싶
었다. 매출이 늘어나는 걸 보고 싶어서이기도 했지만, 또 어떤
새로운 일이 기다릴지 궁금해서이기도 했다.

"그래야지. 그 전에 해야 할 게 하나 있다."

"네? 해야 할 거요? 모듈 마켓 개발은 이미 진행하고 있는데
요. 또 새로운 아이디어가 떠오르신 겁니까?"

나대방이 초롱초롱한 눈빛으로 용호를 바라보았다. 또 어떤
아이디어로 자신을 놀라게 해줄까 하는 기대감이 가득했다.

"기부 좀 해야겠어."

"…네?"

"기부 말이야, 기부."

다음 날, 법인 명의로 세월호 관련 활동을 하는 단체에 거액의 기부금이 전달되었다.

　잊지 말아야 할 게 있다.

　일상의 다급함에 매몰되어 잊어버린다면 Fixbugs의 성장도 거기서 끝이다.

　그런 초심을 다시 한번 다짐하자는 뜻이기도 했다.

Chapter 4
눈처럼 내리는 사랑

추운 겨울이 따뜻한 봄날 같았다.

저 멀리 서 있는 흐릿한 형체만 보여도 가슴이 설레었다. 한눈에 알 수 있는 실루엣이다.

회사가 성장하는 모습을 보는 것과는 또 다른 느낌이었다.

"많이 기다렸어? 조금 늦게 나와도 괜찮다니까."

용호도 약속에 늦는 편이 아니다. 오히려 십 분 전에는 도착하는 편이었다. 그런데 서보미는 항상 그보다 일찍 도착해 있었다.

"또 책 보고 있었어?"

서보미는 카페에 앉아 컴퓨터 관련 서적을 탐독하는 중이었다. 일반 사람이라면 이름만 들어도 머리 아플 듯 보였다.

OS 설계 방법, OS의 개념 등등 대부분이 운영체제 관련 책들이었다.

책의 두께 또한 만만치 않았다. 웬만한 벽돌 정도로 두꺼웠다.

가녀린 몸으로 저렇게 무거운 책을 들고 다닌다는 것이 신기했다.

"하여간 못 말린다니까."

용호가 서보미의 머리를 쓰다듬었다. 몇 번이고 책이 무거우니 집 근처에 있으면 데리러 간다고 해도 한사코 거부했다.

용호는 그런 서보미의 행동이 귀엽기만 했다. 한차례 더 서보미의 머리를 쓰다듬었다.

특별히 관리를 하는 것 같지도 않았는데 머릿결이 비단처럼 부드러웠다.

라벤더 향이 나는 듯했다.

"가자, 늦겠어."

서보미의 손을 잡고 일으켰다. 손은 아기처럼 말캉거렸다. 하루 종일 잡고 싶었다.

바쁠수록 돌아가라고, 하루 종일 함께하는 건 서보미의 뜻대로 조금 기다리기로 했다.

아직 서로를 알기에는 알아온 시간이 짧다는 게 그 이유였
다.

*　　　　　*　　　　　*

흔히들 스타트업의 성공을 로켓이 발사되는 것에 비유하고
는 한다. 그만큼 빠른 속도로 성장해 버리기에 하는 말이었
다.

용호의 회사가 그랬다.

"이제 신세기 못지않은 회사가 된 것 아닌가요?"

정단비의 말 그대로였다. 아직 전체 매출 면에서는 신세기
에 못할지도 모른다.

하지만 이러한 성장세라면 신세기를 제치는 건 일도 아닌
상황이다.

"정말 바라시는 겁니까?"

용호는 의아했다. 굳이 자신의 밑으로 들어오려는 정단비의
생각이 이해되지 않았다.

태어날 때부터 금수저였다. 무슨 부귀영화를 더 누리겠다
고 고달픈 사업의 길을 가려는 걸까.

"좀비 기업이 되면서도 버텼어요. 바라지 않을 이유가 없잖
아요."

정단비는 오히려 용호를 이해하지 못했다. 정말 바라다니? 성공은 필수다. 더 많은 부를 창출하고, 세계적인 기업으로 거듭나 이름을 날리는 건 인간이 태어난 이유가 아닌가.

정단비는 다만 정당한 방법을 추구할 뿐이었다. 그리고 가장 좋은 방법이 눈에 보이는데 굳이 다른 길을 갈 필요가 없었다.

서보미는 자꾸만 시선이 가는 걸 멈출 수가 없었다.

'무슨 이야기를 저렇게 하는 거지.'

둘이서 무슨 이야기를 그리 심각하게 하는 건지 궁금했다. 하지만 다짜고짜 끼어들 수도 없는 일, 그저 힐끗거리는 걸로 만족해야 했다.

'…그냥 받아들일 걸 그랬나.'

갑작스러운 후회가 밀려왔다. 시간을 달라고 한 것도 마찬가지 이유였다.

용호 옆에 서기에는 자신이 너무 부족하게 느껴졌다. OS 개발이라도 어느 정도 궤도에 올려놓고 나면 당당할 것 같았다.

아직 그렇지 못했기에 회사에도 알리지 못했다.

그런데 생각해 볼 시간도 없이 벌써 용호의 옆에는 한눈에 보아도 너무나 세련된 여자가 앉아 있었다.

정말 비싼지는 모르겠지만 한눈에 보아도 고급스러워 보였다. 뭔가 선남선녀처럼 잘 어울렸다.

자신이 저 옆에 있다고 상상하면…….

사장을 꼬시러 회사에 입사한 불여시.

왠지 이런 꼬리표가 달릴 것 같았다.

자신에게 달린 꼬리표는 청각장애인 하나로 충분했다.

'이래도 문제, 저래도 문제구나.'

서보미의 한숨은 깊어져만 갔다. 그걸 아는지 모르는지 용호는 정단비와의 대화에 빠져 있었다.

*   *   *

어차피 약속했던 일이다. 이걸로 과거의 빚을 청산한다면 그걸로 족했다. 기술적인 이득보다, 정단비의 회사라는 브랜드가 주는 가치가 더 컸다. 하지만 그것도 '모듈러 원'이 성공을 거두면서 희석된 면이 있었다.

가장 큰 이유는 '약속'.

그걸로 족했다.

"그럼 관련 절차를 진행하도록 하겠습니다."

용호의 사무적인 말투에 정단비가 아미를 찌푸렸다. 이제 한 배를 타게 된 상황이다. 더구나 서로 알고 지내온 지 한두 해가 아니다.

좀 더 다정하게 대해줘도 좋지 않을까?

"오늘 저녁 식사라도 같이해요. 그간 이야기도 들을 겸."

정단비가 웨이브가 들어간 긴 생머리를 뒤로 넘기며 물었다.

"아, 오늘은 저녁에 약속이 있어서 곤란합니다."

"…그, 그렇군요."

단칼에 거절당할 줄 몰랐다. 자리에서 일어난 용호가 정단비를 에스코트했다.

"그럼 배웅해 드리겠습니다. 자세한 사항은 진행하면서 공유하도록 하겠습니다."

"알았어요."

아쉬웠다. 그렇다고 매달리고 싶지 않았다. 정단비가 일어나 사무실 바깥으로 걸어 나갔다.

그제야 사무실 한편에서 긴 안도의 한숨이 새어 나왔다.

아직 어색했다. 사장과 직원의 관계에서 시작하다 보니 존댓말이 더 익숙했다.

"무슨 이야기했는지 물어봐도 돼요?"

"응? 무슨 이야기?"

"아까……."

"아!"

용호가 알겠다는 듯 장난기 가득한 눈빛으로 서보미를 바라보았다.

이것 봐라?

"질투하는 거야?"

"네? 그런 게 아니라……."

"무슨 이야기 했을까아……."

용호가 말을 늘어뜨리며 정확한 대답을 하지 않았다. 장난치는 거라면 나대방 못지않게 좋아하는 용호였다.

당황해하는 서보미를 놀리는 재미가 쏠쏠했다.

"마, 말하기 싫으면 할 수 없죠."

서보미는 빠르게 포기했다. 일할 때와는 또 다른 모습이었다. 포기를 모르고 열정으로 달려들던 모습을 볼 수 없었다.

'불편'이라는 약점이 서보미로 하여금 관계에서 약자로 만들었다.

그런 서보미의 모습이 안쓰러웠는지 용호가 손을 꼭 잡았다.

"말하고 싶어. 그리고 앞으로는 그냥 궁금해해도 돼. 너무 그렇게 감정을 숨기지 않아도 괜찮아."

서보미도 알고 있다. 청각을 잃으며 관계에서 오는 즐거움도 잃어버렸다.

편하게 대할 수 있는 상대가 없었다. 아니, 편하게 대하는 상대는커녕 혹시라도 관계가 깨어질까 노심초사했다.

컴퓨터는 달랐다.

정확한 입력값을 넣어주면 정확한 출력값을 내뱉었다.

관계는 아니다. 자신이 '사랑'을 넣어도 출력은 '이별'로 이어지기 십상이었다.

이번에도 그럴까 무서웠다. 용호는 그런 서보미의 상태를 꽤나 정확하게 파악하고 있는 듯 보였다.

"그러니까 무서워하지 마."

용호를 보는 서보미의 표정이 복잡 미묘해졌다.

'그래, 조금 용기를 내도 괜찮잖아.'

스스로에게 하는 말이기도 했다.

*　　　*　　　*

정단비 소유 회사와의 합병 소식은 사세 확장을 알리는 신호탄이었다. 판텍의 본사도 상암에서 역삼으로 옮겼다.

근무지를 한곳으로 모아 업무의 효율성을 높이기 위함이었다. 판교로 IT 기업들이 떠나며 역삼 사무실의 임대료가 낮아졌다는 것도 한몫했다.

"나중에는 지금 세 들어 있는 빌딩을 사야지."

대로변이 아닌 약간 안쪽에 세워져 있는 빌딩의 가격은 천억 원대가 즐비했다.

조금 싼 가격대에는 오백억짜리도 있었다.

일반인이 사기에는 꿈도 꾸지 못할 가격이었지만 이제 용호
에게는 아니다.

충분히 가능한 일이었고, 그리 멀지 않은 시간 내에 이루어
질 일이었다.

"아예 테헤란로를 사는 건 어떻습니까?"

나대방이 지금의 성장세에 고취되어 말했다. 어쩌면 허세일
수도 있다.

하지만 용호는 진지하게 받았다.

"어떻게 알았어?"

"네?"

"앞으로 이 거리의 주인이 될 거야. 삼성역이 현기 자동차
타운, 강남역 일대가 오성전자 타운⋯ 그리고 테헤란로는?"

"Fixbugs 타운?"

"정답!"

주거니 받거니, 판텍 본사 인원들이 이사하는 모습을 지켜
보던 나대방과 용호의 대화였다.

빌딩으로 들어서는 직원들의 얼굴에도 기대감이 가득했다.
새로운 장소, 새로운 사장, 새로운 문화로 회사는 180도 달라

졌다. 예전보다 회사 생활은 편해졌지만 업무의 효율성은 높아졌다.

"수면실만 100개 정도라며?"

"이미 이사한 직원들 말에 따르면 안마 의자도 50대 정도 마련해 두었다고 하던데요?"

"그럼 이제 눈치 보지 않고 이용해도 되나 보네."

예전에도 직원들을 위한 편의 시설은 있었다. 헬스장도, 수면실도, 안마 의자도 있었다.

하지만 그림의 떡이다.

상사들의 전유물이었다.

"그래도 임원진을 다 자른 건 좀 무섭기도 해요."

"그, 그렇지."

판텍에 근무하던 임원진은 전부 해고당했다. 임원은 곧 임시 직원이라는 자조 섞인 푸념이 현실이 되었다. 그렇지 않고서는 회사가 바뀌지 않겠다는 위기감이 있었기에 한 일이기도 했다.

짐을 들고 이사를 하던 직원 앞에 갑작스러운 외침이 들려왔다.

"비, 비키세요!"

대화를 나누느라 킥보드를 타고 이동하던 직원을 보지 못한 것이다.

뒤늦게 발견한 후, 짐을 들고 가던 직원이 나직이 중얼거렸
다.

"편하기는 편한가 보네."

콰앙!

사장실을 문을 발로 차며 누군가 들어섰다.

"내가 왔다!"

"좀 조용히 들어올 순 없는 거냐……."

"지금 조용하게 생겼어?"

흥분한 데이브가 단숨에 용호에게 뛰어왔다. 데이브의 뒤편
에서 제시가 금발의 아이를 안고 있었다.

"너는 꼭 아빠처럼 되지 마렴."

그런 소리를 하거나 말거나 데이브가 용호의 두 손을 꼭 붙
들었다.

"결혼은 언제야?!"

"……."

용호의 머리 위로 세 마리의 까마귀가 날아가는 듯한 착각
이 일 정도였다.

마침 사장실에서 차를 마시던 나대방이 조용히 자리에서
일어났다.

"나대방!"

주변에서 유일하게 연애 결혼을 한 나대방에게 몇 마디 조
언을 구했던 게 화근이다.

미국에 있던 데이브가 한국까지 날아온 이유이기도 했다.

"남자는 박력이지."

데이브의 말에 나대방도 동의한다는 듯 고개를 끄덕였다.

"아이부터 가지면 됩니다."

나대방의 말에 데이브도 동의한다는 듯 고개를 끄덕였다.
이내 둘은 힘차게 서로의 손을 붙잡았다.

그런 둘을 한심하다는 듯 제시가 바라보았다. 오로지 제임
스만이 긍정한다는 듯 고개를 끄덕였다.

"들어서 알겠지만… 이 친구가 조금 불편을 가지고 있어서
나를 어려워하는 것 같아."

"그럴수록 박력 있는 모습을 보여서……."

제시가 도끼눈을 뜨고 데이브를 바라보았다. 끼어들던 데이
브는 말을 이을 수 없었다.

"저 바보들 말에 동의할 수는 없지만, 이럴 때 좀 더 적극적
으로 하는 것도 나쁘지 않다고 생각해."

"그, 그런가."

"널 만나고 있다는 것 자체가 호감이 있다는 뜻이니까."

"나도 그렇게 생각하긴 해."

"…야."

"하하, 농담이고. 이번 크리스마스이브에 눈도 온다니 그때 정식으로 다시 한번 말해보려고."

"그럼 크리스마스에는 우리 다 같이 모여서 파티하자!"

데이브가 자리에서 일어나며 외쳤다. 나대방도 좋은지 장소를 어디에서 할까, 찾아보았다.

용호도 그리 싫지 않아 보였다. 그전에 서보미와의 관계를 더욱 확실히 해야겠지만, 자신 있었다.

컴퓨터 버그를 해결하듯이 정확한 해결 방법이 있는 건 아니지만 진심이라면⋯ 될 것 같았다.

*   *   *

―이번 크리스마스이브에는 눈이 내리겠습니다.

허름한 포장마차 안쪽 구석에 놓여진 TV에서 날씨 예보가 흘러나오고 있었다.

그 아래, 서보미가 유일하게 친구라 부를 수 있는 사람과 앉아 있었다.

"뭐가 그렇게 걱정이야. 들어보니까 그 사람이 널 많이 좋아하는 것 같은데."

"그래도⋯ 그쪽 부모님이 날 어떻게 생각할지도 그렇고, 혹시나 돈 많은 사장 꼬시는 여자로 비춰질지도 모르고⋯⋯."

서보미의 걱정에 친구는 어이가 없다는 듯 탁자 위에 놓여 있던 잔을 들어 입에 털어 넣었다.

"그럼 앞으로도 혼자 살 생각이야?"

서보미의 대답은 듣지도 않은 채 친구가 말을 이었다.

"옛날에 너는 이렇지 않았잖아."

"그때는……."

서보미도 한때 공대 여신으로 불리며 선망의 대상이었던 적이 있었다. 어디를 가던 사람들의 시선을 강탈할 만한 미모였다.

"괜찮아, 너는 지금도 충분히 예쁘니까. 그러니까 괜찮아."

서보미는 얼마 전 용호 옆에 앉아 있던 정단비를 떠올렸다. 자신의 리즈 시절이라 불릴 수 있는 대학생 때라고 해서 비교될 수 있을까?

결과는 아니다.

용호의 옆에는 그런 사람이 더 어울릴 거라는 생각을 지울 수가 없었다.

술잔이 비워질수록 탁자 위에 놓이는 빈병의 숫자도 늘어났다.

"이제 가자. 내일 약속 있다며."

친구의 권유에도 서보미는 일어나지 않았다.

"차라리 컴퓨터가 내 남자 친구였으면 좋겠어."

"술 먹더니 헛소리만 늘었네."

"내일… 가지 말까?"

내일이 크리스마스이브다. 만나지 않겠다는 건 헤어지겠다는 말이었다.

서보미의 투정에 친구가 다시 한번 재촉했다.

"후회할 짓 하지 말고 일어나자니까."

친구의 만류에도 불구하고 서보미는 오히려 술잔을 집어 들었다. 투명한 소주가 잔에 넘치다 못해 찰랑이며 흘러내렸다.

"그만 먹어."

서보미는 듣지 못했지만 여자 목소리가 아니었다. 굵직한 음성의 남자 목소리. 서보미는 신경 쓰지 않은 채 들고 있던 술잔을 입으로 가져갔다.

탁.

"그만 먹으라니까."

용호가 서보미의 팔을 잡아챘다. 그제야 서보미가 고개를 돌려 용호 쪽을 바라보았다.

커다란 눈망울에 물기가 가득했다. 복받치던 감정이 폭발하듯 흘러나왔다. 술을 먹는 모습에 화가 났던 용호는 한동안 서보미를 달래는 데 애를 먹을 수밖에 없었다.

친구가 떠난 자리를 용호가 대신했다.

"그랬단 말이지."

떠나간 친구가 해준 상황 설명으로 용호는 완벽하게 현재 상태를 이해했다. 의미심장하게 웃고 있는 용호를 보며 서보미는 안절부절하지 못했다.

마치 못된 짓을 하다 걸린 소녀 같았다.

"그래서 결론은?"

서보미는 우물쭈물거리기만 했다. 코딩을 할 때와는 사뭇 다른 모습, 그 모습을 지켜보던 용호가 주머니를 뒤적거려 상자 하나를 꺼내 들었다.

"나는 내일 만나서 주려고 이런 것도 사왔는데."

상자를 열자 아름답게 조각되어 있는 반지 하나가 살포시 자리 잡고 있었다.

한눈에 보기에도 가격대가 상당할 듯했다.

"보미는 그런 생각을 하고 있었다니."

마치 상처받은 듯 용호가 엄살을 부렸다. 그러면서 슬금슬금 서보미의 옆자리로 다가갔다.

"부모님 허락도 받았어. 그러니 걱정하지 않아도 돼. 우리 부모님도, 보미네 부모님도 다들 허락하셨어."

아직 물기가 마르지 않은 눈에 다시금 눈물이 고이기 시작했다. 용호가 서보미의 어깨를 살포시 안았다.

이내 둘은 자리에서 일어났고 마치 계획이라도 되어 있었다
는 듯 하나가 되었다.

이미 시간은 자정을 넘어 크리스마스이브, 하늘에서 함박
눈이 내려 거리에 쌓이기 시작했다.

*   *   *

─접근 권한이 없습니다.

─접근 권한이 없습니다.

─지금부터 시도되는 접속은 관계자에게 자동 보고됩니다.

더 이상 접속을 시도할 수 없었다.

크리스마스이브, 아무도 없는 사무실에 홀로 출근하여 접
속을 시도해 봤지만 역시나 그리 호락호락하지 않았다.

"보안에 신경을 많이 썼네."

예상했던 결과였다. 그나마 합병이 되고 나서 접근이 쉬워
졌다는 것이 다행이었다.

"어떻게 한다……"

로또는 운에 맡겨야 하지만 이건 아니다. 정단비를 얻지 못
한다고 해도, 평생 먹고살 수 있는 금전적 보상이 약속되어 있
었다.

도대체가 말이 통하지 않았다.

"점심 먹었어요?"

"……."

카스퍼스키에게는 아예 접근조차 하지 못했다. 말을 붙여 봐도 답변이 없었다.

머쓱함을 감추며 그저 돌아서는 방법밖에 없었다. 그나마 답을 해주는 건 제임스였다.

"안 먹었다. 따로 먹는다."

"아, 끝나고 뭐 해요? 조언도 들을 겸 저녁이라도 같이하고 싶은데."

"게임한다."

"아… 어떤 게임이요?"

"바쁘다. 개발해야 한다."

제임스와 친해지는 것도 쉽지 않았다. 용호의 최측근, 나대 방에게 말을 거는 건 너무 위험했다.

"또 누가 있더라."

정단비에게도 코드 접근 권한이 없다는 사실은 조금 충격이었다. 더 이상 치근덕댔다가는 친해지고자 하는 의도, 그 이상이 있는 것으로 의심받을지도 몰랐다.

허지훈은 방법을 바꿔야 함을 절감했다.

네트워크망 자체가 분리되어 있었다. 외부에서는 접근할 수 있는 방법이 없었다. 내부에서도 Fixbugs 코드가 저장된 서버에 접근할 수 인원은 소수였다.

해당 서버가 클라우드로 구축되어 있는지, 실제 장비를 구매해 내부에서 관리되고 있는지도 알려져 있지 않았다.

계속해서 캐고 다닐 수도 없다.

합병 초기.

회사 전반에 관해 파악한다는 이유로 이것저것을 파고 다닐 수 있었지만 시간이 지날수록 그런 핑계거리도 사라졌다.

마음만 조급해졌다.

한 해가 갈수록 나이는 들어갔고, 언제까지 정진용이 기다려 줄지도 의문이었다.

"시간이 없어."

정단비가 용호에게 호감을 보이고 있다는 소문이 회사 내에 파다했다. 두 회사의 합병이 곧 둘의 결혼을 의미한다는 이야기가 솔솔 흘러나왔다.

자신이 생각하기에도 크게 틀린 말 같지 않았다.

직원들은 모이기만 하면 회사 내에 불고 있는 핑크빛 기류에 대해 수군거렸다.

"둘이 결혼한다면서?"

"하긴 그럴 만도 하지, 사장님 정도면 신세기와 결합하는 게 나쁘지 않지."

"부럽다… 나도 정단비같이 돈 많고 예쁜 여자 만나고 싶은데."

남자 직원들의 수군거림에 여자 직원들도 가세했다.

"사장님이 아직 미혼이라는 게 기적이지."

"맞아. 그래도 정 이사님이라니, 둘이 너무 잘 어울리는 것 같아."

대부분이 둘의 만남을 축하하는 분위기였다. 하지만 누군가에게는 청천벽력 같은 소식이었다.

아무런 성과가 없었다.

핵심 코드에 접근하는 방법은 이사인 정단비도 가지고 있지 못했다.

부장급인 자신이 접근할 수 있는 건 사내 소통 채널인 slack에 올라오는 정보들뿐이었다.

"흠……."

허지훈은 의자에 앉아 하루 종일 생각에 빠져 있었다. 어차피 당장 해야 할 일도 없다.

어떻게 하면 정보를 빼낼 수 있을까?

그 생각에만 몰두했다.

                    *   *   *

정단비도 회사 내에 돌고 있는 소문의 정체는 알고 있었다.

'설마······.'

한편으로 은근한 기대도 있었다. 어디 가서 꿀리지 않는 외모에 똑똑한 머리, 그리고 소위 재벌이라는 배경까지··· 어느 것 하나 부족함이 없다고 생각했다.

'뭐··· 나쁘지야 않지.'

용호 정도면 상대로 나쁘지 않았다. 끝을 모르는 잠재력에 그리 잘생긴 외모는 아니었지만 그렇다고 못생기지도 않았다.

남자의 외모는 키스를 한다고 상상해 봤을 때 거부감만 들지 않으면 된다고 했다.

전혀 거부감이 들지 않았다.

"정 이사님?"

용호가 정단비를 불렀다.

"아, 네."

여기는 회사 공적인 이야기를 나누는 자리였다.

"앞으로 추천 시스템 개발 담당은 누가 하면 좋을까요? 아무래도 정 이사님이 담당해 왔으니··· 허 부장님이 맡는 게 좋겠죠?"

정단비는 무의식적으로 고개를 끄덕였다. 신세기를 나오며
개발한 추천 시스템은 이제 아무래도 상관없다.

회의가 끝나고 나대방이 용호에게 다가왔다.

"형님, 진짜 그럴 줄 몰랐네요. 회사에 소문이 파다하던데요?"

소문이라는 말에 정단비가 귀를 쫑긋 세웠다.

"또 뭐가."

나대방이 직접적으로 말하기는 좀 그런 듯, 눈짓으로 정단
비를 가리켰다.

"요즘 핑크핑크하다면서요."

"너도 알고 있잖아."

이미 나대방도 아는 사실이다. 고민 상담까지 받은 사이였다.

"저한테 거짓말하셨잖아요."

"무슨 뚱딴지같은 소리야."

추천 시스템의 방향에 대한 회의였다. 정단비와 허지훈만이
회의에 참석했다.

"아, 진짜 답답하게. 정단비 이사님이랑 사귀신다면서요. 왜
저한테 거짓말하신 겁니까."

"응?"

용호의 얼굴이 황당함으로 물들어갔다.

작게 속삭이고 있었지만 귀를 기울이고 있으면 듣지 못할 것도 없다.

나대방이 용호에게 전하는 소리를 정단비도 똑똑히 들었다.

'역시.'

그럴 거라 생각했다. 이게 정상이다. 소문은 곧 사실로 드러날 것이다.

하지만 그 뒤로 이어진 용호의 말은 정단비를 혼란에 빠뜨리기에 충분했다.

"아닌데, 무슨 말이야? 아무래도 공식적으로 발표를 해야겠어."

"아니었어요? 아, 아깝다."

"뭐?"

"아, 아니에요."

나대방이 주춤거리며 물러났다. 이미 몇 번을 겪은 일, 용호는 단숨에 눈치챘다.

"내가 바람피운다는 걸로 내기했지?"

뜨끔한 표정이다.

"우리 보미가 알면 안 되는데."

나대방이 토가 쏠린다는 듯, 헛구역질을 해댔다. 정단비는 더 들어볼 것도 없다는 듯 회의실을 나갔다.

겨울이라 그런지, 정단비가 나간 자리에서 찬바람이 쌩쌩

불었다.

*   *   *

회의가 끝나고 허지훈은 담당하게 된 추천 시스템을 살펴보았다.

"지금 이럴 때가 아닌데."

어차피 자신이 해야 할 일은 일이다. 회사에서 무능력자로 찍히고 싶지는 않았다.

허지훈은 직원이 건네준 주소로 접속해 아이디와 비밀번호를 넣어보았다.

"응?"

주소가 자신이 접근하려 했던, Fixbugs 저장소 주소와 동일했다.

'설마……'

설마 하는 기대로 숨소리까지 죽여가며 로그인을 눌러보았다.

많이 보던 프로젝트가 개설되어 있었다. 자신이 관리하던 추천 시스템이 업로드되어 있었다.

"역시나인가……"

반쯤 포기한 상태에서 코드 저장소를 훑어보던 허지훈의

눈에 못 보던 코드 저장소가 눈에 띄었다.

"이건 우리 게 아닌데."

이미 예전부터 자신이 관여해 왔다. 프로젝트 이름과 코드도 몇 번 살펴본 적이 있었다.

그런데 또 다른 프로젝트가 하나 만들어져 있었다. 허지훈은 호기심에 해당 프로젝트를 클릭해 보았다.

"이건……."

This is Fixbugs code.
Access restricted to authorized personnel only.

영어로 써진 주석에 따르면 관련된 사람을 제외하고는 접근하지 말라는 뜻으로 보였다.

"제발……."

허지훈이 염원을 담아 코드를 좀 더 살펴보았다. 서당 개삼 년이면 풍월을 읊는다고 한다.

이 코드가 어디에 사용되는 코드인지 정도는 충분히 알 수 있었다.

Chapter 5

신세기 X파일

분위기가 달라졌다.

용호는 몇 번이고 물어봤지만 나대방에게서 어떤 대답도 들을 수 없었다.

"정말 별일 없는 거지?"

"네. 정말이라니까요. 그런데 신세기에서 정말 그랬을까요?"

"그러고도 남을 놈들이지."

여전히 나대방은 의심스러운 눈초리를 거두지 못했다. 용호의 말대로 믿기에는 신세기에서 겪고 있는 상황이 심상치 않았다.

"뉴스 보시면 아시겠지만… X파일 때문에 난리인데……."

"유야무야될 거야. 지금 보면 딱 그런 분위기잖아. 한두 번 겪는 것도 아니고."

나대방은 그래도 이해가 되지 않는 듯했다.

"설마… 정단비 이사님도 저희 회사에 있는데 그럴 리가 있을까요?"

"설마가 사람 잡는 법이야."

용호가 화면을 확인해 보았다. 선명하게 찍혀 있는 IP, 그리고 그 옆에 쓰여 있는 이름은 분명히 허지훈을 가리키고 있었다.

"허지훈과 신세기라……."

"결과는 시간이 지나보면 알게 되겠지. 하여튼 지켜보자고."

용호가 관리자 페이지에 올라온 로그를 보며 의미심장한 미소를 지어 보였다.

애초에 접근 권한도 없는 곳에 시도를 하는 순간부터 지켜보고 있었다.

Fixbugs 코드는 핵심 중에 핵심, 특급 기밀 사항이다. 카스퍼스키에게도 말하여 최고 수준의 보안을 적용해 놓은 상태였다.

"뭐, 그러죠. 오늘은 그럼 먼저 퇴근해 보겠습니다."

"그래. 일찍 가서 혜진이한테 잘해줘."

"네."

나대방이 사무실을 나와 발걸음을 옮겼다.

택시에 올라탄 나대방의 귀로 연일 세상을 떠들썩하게 만들고 있는 내용이 담긴 라디오가 들려왔다.

―안녕하십니까. 8시 뉴스 김하주입니다.

―이번 신세기 X파일의 파장이 어디까지일지 짐작도 되지 않는 상황에서 김영철 변호사의 추가 폭로까지 이어졌습니다. 그런데 검찰의 칼끝이 향하고 있는 곳은 엉뚱한 곳이라고요?

앵커의 말을 기자가 받았다.

―네, 맞습니다. 이번에 폭로된 사항으로만 보자면 현재 대한민국의 정, 관, 재계에 걸쳐 거대한 유착 관계가 형성되어 있다고 봐도 무방합니다. 그런데 오히려 검찰의 칼은 이러한 사항을 보도한 기자와 국회의원에게 향해 있습니다.

―이상한 일이 아닐 수 없군요?

라디오를 듣던 나대방이 눈을 감았다.

얼마 전 아버지가 본가로 자신을 불러 했던 말이 귓속에 맴돌았다.

자식들은 모두 떠나고, 어머니마저 안 계신 집은 을씨년스럽기까지 했다. 나선기는 만나자마자 용건을 이야기했다. 따뜻한 말 한마디라도 건넬 수 있건만 그러지 못했다.

그리 쉬이 나오지 않았다.

"상황은 대충 들어서 알 거라 생각한다."

"알고 있습니다. 그래서… 결국 공개하실 생각이십니까?"

"이래서 묻어버리고, 저래서 묻어버리면 세상에 알려져야 할 건 아무것도 없겠지. 내가 국회의원이 된 건 국민들 덕분이니… 국민들에게 실상을 알리는 게 내 마지막 도리이지 싶다."

말리고 싶지 않다면 거짓말일 것이다. 하지만 그러지 말아야 한다.

"여름이에게도 좋은 할아버지로… 기억될 겁니다."

여름이.

나대방의 딸 이름이었다.

"그래… 혹시 일이 끝나면 그쪽으로 이사를 가도……."

나선기가 우물쭈물거리며 말을 꺼냈다. 나대방도 처음 보는 모습이었다.

언제나 논리 정연한 말로 사람들을 압도했다. 그건 가족들을 상대할 때도 마찬가지였다.

"마침 옆집이 이사를 가더라고요."

"고맙다⋯⋯."

그렇게 힘이 없어 보이던 아버지의 모습은 처음이었다. 택시는 밤거리를 달려 나대방이 살고 있는 도곡동의 집에 도착했다.

최혜진도 뉴스를 본 듯했다. 걱정을 감추지 못했다.

"오빠, 괜찮아? 무슨 일 있는 거 아니지?"

"괜찮다니까. 아버지도 잘 해내실 거야."

아직 뉴스에 나선기의 이름이 직접적으로 거론되고 있지는 않았다. 하지만 나대방으로부터 이미 들어 알고 있었다.

앞으로 어떤 일이 벌어질지, 대충 윤곽만 들은 탓이다.

"용호 선배에게 말하는 게 좋지 않을까?"

"⋯말해서 무얼 하겠어. 그쪽에 끈이 있는 것도 아니고, 그나마 있다고 할 수 있는 게 우리 아버진데⋯⋯."

나대방의 말에 최혜진의 근심은 더해갔다.

빠-빠, 아빠빠.

그런 부모의 걱정을 아는지 모르는지 나대방의 딸, 나여름이 옹알이를 시작했다.

"잘될 거야."

하루 종일 근심에 빠져 있던 나대방이 유일하게 웃을 수 있는 시간이었다.

삑.

정진용이 보고 있던 TV를 꺼버렸다. 뉴스의 한 부분을 X파일이라는 이슈로 선점한 자신의 회사와 달랐다.

Fixbugs는 혁신이라는 이름으로 뉴스를 지배했다.

세상은 자수성가한 용호의 이야기로 떠들썩했다.

"앞으로 얼마나 더 커질지 모른다라……."

회사 이름 앞에는 항상 혁신 기업이라는 수식어가 붙어 다녔다. 저건 용호의 것이 아니다. 자신의 것이어야 한다.

탁. 탁. 탁. 탁.

화를 억누르기 힘들었는지, 책상을 두드리는 소리가 한층 빨라졌다.

"마무리는 잘된 거지?"

"네."

"다른 회사가 저렇게 잘나가고 있을 때, X파일이니 뭐니 해서 회사 이름에 먹칠이나 하고 말이야. 그렇게 상황 관리가 안 돼?"

정진용은 말을 할수록 화가 올라오는지 이제는 책상을 손가락으로 톡톡 두드리는 정도가 아니라, 숫제 책상을 부술 듯 내려치며 자리에서 일어났다.

"전략기획실장 능력이 그것밖에 안 돼?"

자리에 서 있는 남자는 아무 말도 하지 않은 채 조용히 서 있을 뿐이었다.

TV에서는 짤막한 속보가 하나 흘러나오고 있었다.

─일명 신세기 X파일 사건이 곧 최종 종결될 거라는 소식입니다. 법무팀장으로 근무했던 김영철 변호사의 추가적인 폭로에도 불구하고 신세기 그룹 관계자는 모두 혐의 없음, X파일을 보도한 이상호 기자는 불구속 기소, 그리고 떡값 검사들의 실명을 폭로한 나선기 의원은 통신비밀보호법 위반으로 징역 4월에 집행유예 1년, 자격정지 1년을 선고한 원심이 확정되어 국회의원직을 상실했습니다.

*   *   *

TV를 보던 용호가 놀란 듯 나대방을 바라보았다. 일에 바빠 세상 물정을 잘 모르고 살았다. 주변인들을 챙길 시간이 없었다. 갑자기 터져 나온 뉴스는 용호를 놀라게 하기에 충분했다.

"야, 너희 아버지 아니냐?"

"…쩝, 그렇게 됐습니다."

"뭐야, 저거 말이 안 되잖아. 저러면 안 되는 거 아냐?"

"할 수 없는 일이죠."

"개새끼들."

용호는 욕지거리가 튀어나오는 걸 참지 않았다. 오랜만에
느껴보는 분노였다.

어떻게 세상은 이렇게만 돌아갈까.

이건 아니다.

"아버지도 슬슬 조용히 유유자적하면서 노후를 보내시기로
했습니다. 그간 정치한다고 너무 바쁘게만 사셔서."

"너희 아버지 같은 분이 국회에 계셔야지……."

가장 화가 날 사람은 그 누구도 아닌 나대방이다. 그런 나
대방이 조용히 있는데 용호가 나선다는 것도 애매한 상황이
다.

"모르겠습니다. 뭐 알아서 잘하시겠죠."

"……."

뭐라고 위로의 말을 건네야 할지 몰랐다. 그래도 한 가지는
확실했다. 지금까지 나대방에게 진 빚, 그리고 나선기 의원에
게 받은 도움들을 갚을 때였다.

"내가 도와줄 건 없고?"

나대방이 체념한 듯 답했다.

"…이미 끝난 일이니까요."

이미 법원의 판결이 끝난 일이었다. 이미 항소까지 끝나 대법원 판결까지 났다. 뒤집을 수가 없었다.

"끝나기는 뭐가 끝나."

"네?"

"내가 우리 코드가 신세기에 전해질 거라고 했지?"

"…그런데요?"

나대방은 반쯤은 포기한 듯 의자 깊숙이 몸을 묻었다.

"너 공개된 우리 코드에 뭐가 들어가 있는지 잊었냐?"

"아! 랜섬웨어?"

랜섬웨어.

몸값을 뜻하는 Ransom과 제품을 뜻하는 Ware의 합성어다. 타깃 컴퓨터에 불법으로 설치되어 해당 컴퓨터에 저장된 문서나 사진 등을 암호화해 버리는 것을 말한다.

암호화를 풀기 위해서는 특별한 키가 필요했다.

"거기에서 한 발 더 나아갔지."

카스퍼스키를 데리고 고작 랜섬웨어를 만드는 건 자원 낭비였다. 거기서 한 발 더 나아가 설치된 컴퓨터의 데이터들이 한곳에 모이도록 만들어놓았다.

그렇게 모인 데이터들은 흔히 말하는 ELKR 스택에 저장된다.

용호가 손바닥을 비비며 관리자 창을 오픈했다.

"어디 뭐가 저장되어 있는지 한번 볼까."

ELKR.

Elastic Search, Logstash, Kibana, Redis라는 오픈 소스들의 집합을 뜻하는 단어였다.

각각의 오픈 소스들의 특화된 기능이 조합되어 ELKR이라는 스택이 만들어진다.

로그를 수집하고 화면으로 보이는 것에 특화된 스택이었다. 여기에 Spark같은 분석 툴이 붙으면 해당 데이터에 대한 분석도 가능해진다.

우리가 흔히 말하는 빅데이터 분석에 범용적으로 사용되는 도구들이었다.

"설마 X파일 이런 걸로 보고서를 만들지는 않았겠지."

용호는 설마 하는 심정으로 검색 창에 X파일을 넣어보았다. 세계 최고의 검색 수준을 자랑한다는 쿠글의 검색엔진에 비할 바는 아니다.

하지만 Elastic Search는 그에 비견될 정도로 엄청난 성능을 자랑한다.

기본적으로 영어로 된 자연어 검색을 지원하나 한글 플러그인을 붙이면 한글로도 검색이 가능했다.

많이 쓰이는 데는 이유가 있는 것이다.

문서 파싱 역시 그리 어렵지 않았다. DOC나 HWP 또는 PPT 확장자로 된 문서들을 파싱하여 Elastic Search 저장소에 넣는다.

용호가 검색한 것이 바로 이 저장소에 저장되어 있던 데이터들이다.

결과가 나오는 데는 그리 오랜 시간이 걸리지 않았다.

―신세기 장학생 명단 및 관련 인원들을 동원한 이슈 진화 계획.

―언론사에는 X파일에 대한 관심을 여론에서 멀어지게 만들 수 있는 톱스타들의 사생활 중점 보도.

―A군의 열애설, C양의 누드 동영상 유포.

―톱스타 H양 섭외 완료.

"야, 너도 한번 와서 봐봐."

용호가 검색된 내용에서 눈을 떼지 못했다. 몇 페이지 넘기지 않았음에도 세상을 놀라게 할 만한 내용들이 엄청나게 쌓여 있었다.

용호가 부를 필요도 없었다. 검색을 시작할 때부터 나대방은 뒤에서 지켜보고 있었다.

"이, 이게 다 사실입니까?"

"그걸 지금부터 알아봐야 하는 거… 아니냐?"

용호도 처음으로 자신이 감당하지 못할지도 모른다고 생각했다.

조언을 들어볼 사람이 필요했다.

지금 상황에서 적절한 조언을 해줄 사람, 나대방이 떠올린 건 현직 검사로 재직 중인 그의 형 나대성이었다.

아버지가 국회의원직을 내려놓을 정도로 큰일이었다. 야당의 중진 의원도 옷을 벗어야 할 정도의 영향력이다.

나대성은 일가라는 이유로 이번 일에서 완전히 배제되어 있었다.

―오히려 너만 힘들어진다.

나대성은 그저 그 말만을 반복했다. 지금의 상황을 바꿀 수 없다는 것을 누구보다 자신이 잘 알고 있다.

그 힘의 거대함이 얼마나 큰지, 안에서 지켜보는 자신이 누구보다 절절하게 느끼고 있었다.

나대방까지 다치는 건 원하지 않았다.

"형, 그럼 그냥 이렇게 묻자는 말이야?"

―…아버지도 그걸 원하실 거야.

"……"

나대성은 오히려 동생을 설득했다. 나대방도 곧 설득될 듯이 아무 말도 하지 못했다. 수화기를 사이에 두고 고요한 침묵이 흘렀다.

순간 수화기를 용호가 가로챘다.

"저 아시죠? 이용호라고 합니다. 현직 검사님이 이대로 묻자고 하시다니, 그건 아니죠. 아마 그럴 일은 없을 겁니다."

이건 나대방에게 양해를 구할 일이 아니다. 해야만 하는 일이다. 용호는 그대로 전화를 끊어버렸다.

*　　　　*　　　　*

무작정 언론에 자료를 넘긴다?

자살행위와 마찬가지다. 출처는 빠르게 밝혀질 것이고, 오히려 더 큰 피해를 볼지도 모른다.

그렇다고 검찰에 고발을 할 수도 없다. 이미 명백한 증거가 있음에도 세상은 아무런 변화가 없다.

심지어 현직 검찰이 묻어두자고 말하고 있는 상황이다. 함부로 나섰다가는 오히려 무고죄를 덮어쓰고 감옥살이를 해야 할지도 모른다.

그럼 어떻게 해야 하는 건가? 나대방은 도무지 아무런 방법도 생각이 나질 않았다.

"제가 형님을 믿는다지만 이번만은 정말 안 될 것 같습니다."

결국 결론은 '안 된다'였다. 신세기는 일종의 철옹성이다. 우리나라 산업 전반을 지배하고 있는 대부분의 재벌가들과 사돈의 팔촌까지 내려가면 연결되지 않은 곳이 없었다.

"안 돼? 안 되긴 뭐가 안 돼."

용호는 정색하며 무서우리만치 나대방을 몰아쳤다.

안 된다. 안 된다. 그런 말은 듣고 싶지 않았다.

"형님, 형님이 잘 몰라서 그러는 겁니다. 저희는 그냥 개발자라고요. 돈 좀 꽤나 번다고 해서 건드릴 수 있는 세계가 아니란 말입니다."

나대성이 했던 말의 연장선에 불과했다.

"내가 말했지. 안 되는 건 없다고."

이런 억지가 한두 번이 아니어서일까. 나대방은 더 이상 용호를 말릴 수 없었다.

두 손 두 발 다 들었다는 듯 양손을 높이 올렸다.

"알겠습니다. 알겠어요. 형님이 이러시는 거 한두 번도 아니고, 화려하게 한번 불살라 보죠."

동의는 했지만 방법이 문제였다. 어떻게 해야 할까, 라는 난제는 아직 풀리지 않았다.

"…그래서요?"

프로그램 개발이나 잘하면 되지, 왜 이런 일을 고민하고 있단 말인가. 함께하기로 했지만 여전히 불만 어린 기운이 남아 있었다.

"사무실 밖으로 끌어내야지."

"그러니까 제 말은 어떻게 하냐고요. 대정부 질의에도 바쁘다는 핑계로 참석하지 않는 사람들입니다. 저희가 오라 가라 할 수 있는 사람들이 아니라고요."

"그러게? 왜 맨날 우리만 오고 가야 하는 거냐? 우리가 무슨 말 잘 듣는 짐승도 아니고, 오라면 오고 가라면 가고, 예전부터 진짜 맘에 안 들었어."

"그거야 사장이 오라고 하니까 그런 거……."

나대방의 단순한 대답을 용호는 끝까지 듣고 있지 않았다.

"사장이 오라면 오고 가라면 가야 되는 거냐?"

"그, 그래야 되지 않을까요? 형님도 사장이니까 더 잘 아실 거 아닙니까."

"나? 나는 내가 직접 가는데. 궁금한 게 있으면 직원 자리에 직접 가서 물어보거나 전화로 물어보지."

나대방도 익히 알고 있었다. 사무실에 너무 자주 출몰했기에 모를 수가 없었다. 이제는 직원들도 그러려니 했다.

"그거야 형님이 특이한 거고."

"어쨌든… 그러면 내가 사장이 되면 되겠네."

"…저랑 장난하십니까?"

나대방의 표정은 한층 더 험악해졌다. 자신을 데리고 장난

친다고밖에 생각이 들지 않았다.

사장이 된다니, 아직 규모 면에서 비교가 되질 않았다. 다윗과 골리앗의 싸움이다.

"왜 안 될 것 같아?"

"네."

짧지만 단호한 대답. 나대방의 솔직한 심정이었다. 이제는 숫제 애원하는 듯 보였다.

"코더면 코딩이나 해라 이거야?"

약간의 자조가 섞인 말투였다. 용호도 알고 있다. 넘기 힘든 벽이 있다는 걸.

그것은 물리적으로 세워진 실제 벽일 수도 있다. 또는 사람들 생각 사이에 존재하는 체념일 수도 있다.

하지만 하나씩 넘어왔다.

이번에는 정말 힘들 수도 있겠다는 생각도 들었다.

그래도 하고 싶었다.

자신이 앞으로 살 세상이, 자신의 자식이 살 세상이 조금이라도 더 나아지길 바라는 마음에서.

커다란 충격은 강력한 방어기제를 발동시키게 마련이다. 아주 조금씩 파고들어야 했다. 그리고 아주 조금씩 무너지게 만들어야 했다.

'이 정도는 문제도 아니지, 시간도 없는데 빨리 넘어가.'

이런 인식을 하게 만드는 게 중요했다. 가벼운 문제로 치부되어 시간이 없다는 핑계로 뒷전으로 미뤄두도록 해야 한다.

그런 아주 같잖은 문제들이 필요했다.

변수의 오타.

사용하지 않는 전역 변수들.

쓸모없어 보이는 함수.

은폐화되지 않은 클래스 등등.

용호는 코딩을 하며 이러한 자잘자잘한 문제들을 심어놓았다.

"오빠, 정말 이렇게 코딩해도 돼?"

사장에서 오빠로 호칭이 바뀌어 있었다. 회사에는 이미 공표했고, 결혼을 약속했다.

"응. 그렇게 해. 일단 빨리 만드는 게 중요하니까."

용호의 실력을 의심하지 않는 서보미여서일까? 아무런 의심도 하지 않은 채 용호의 말대로 일을 진행했다.

주말이면 함께 코딩을 하는 것으로 데이트를 즐겼다.

그 코딩으로 나타난 결과물은 바로 겟 허브에 등록되어 나갔다.

용호는 개발자들이 편하게 쓸 수 있을 만한 프로그램들을 개발해 오픈 소스로 공개했다.

분야와 난이도는 고려 대상이 아니었다.

웹 서버, No—Sql 관련 툴, 간단한 앱에서 사용하는 뷰.

거기에는 심지어 자사의 버그 분석 툴과 정단비 회사에서 인수한 추천 시스템도 포함되어 있었다.

모두 공짜다.

비용 절감에 환장하고 상용 소프트웨어를 도입하는 데 인색한 한국 기업에서 좋아할 만한 것들로 구성했다.

0.1, 0.2 Beta 버전.

용호가 만든 오픈 소스들은 이런 식으로 버전 업 되지 않았다. 바로 1.0 Stable 버전으로 배포되었다.

버그 창이라는 능력 덕분에 단 하나의 버그도 발생시키지 않을 자신이 있었기 때문이다.

혹자는 이렇게 물어보기도 했다.

"이 정도 퀄리티를 오픈 소스로 공개해도 됩니까?"

그런 사람들의 질문에 용호의 대답은 간단했다.

"저도 과거 오픈 소스의 도움을 많이 받았습니다. 그리고 이렇게 저희 소프트웨어를 사용해 주시는 분들이 많으면, 상용화하기도 쉽기 때문에 저로서는 오히려 이득입니다."

이 모든 건 인터넷상에서 이루어졌다. 사람들이 자신이 누구인지 알 수 없도록.

이러한 오픈 소스의 맹점은 간단하다.

믿을 수가 없다.

문제가 발생했을 때 해결 방법이 난감하다. 해당 오픈 소스가 언제 악성 코드로 변해 버릴지 모른다.

그러한 위험성을 무릅쓰고 도입하는 이유는 간단했다.

비용 절감.

이를 테면 유명 DBMS는 한 카피에 수천만 원대를 넘는다. 백 카피만 사도 수십억이다.

오픈 소스를 도입하면 단숨에 수십억이라는 비용이 절감되는 것이다. 그래서 오픈 소스가 널리 쓰이기 시작하면 그때부터 엔터프라이즈 버전이 출시된다.

기능을 추가하고 질문에 답변해 주는 대신 돈을 받는 것이다. 그래도 기존에 사용하던 사용 소프트웨어 비해서는 싸다.

"함께 엔터프라이즈 버전을 출시하실 생각 없으십니까?"

용호를 모르는 사람들이 인터넷으로 이런 제안을 해오기도 했다. 하지만 이건 돈을 벌 목적으로 만든 프로그램이 아니다.

"엔터프라이즈 버전은 만들지 않을 겁니다."

그래서 회사의 자원은 사용하지 않았다. 퇴근 후 집 컴퓨터를 사용하여 철저히 개인의 이름으로 코드를 업로드했다.

상업용으로 출시할 생각이었으면 회사 차원에서 만들었을 것이다.

지금껏 업로드한 오픈 소스만 열 개가 넘어서고 있었다. 서보미는 이미 부에 초월한 용호가 너무 열심히 일하는 모습이 낯설었다.

자신은 부를 쌓기 위해 열심히 했다. 그런데 용호는 아닌 듯 보였다.

"너무 열심히 하는 거 아니에요?"

얼마 전부터 주말에 만나면 하는 거라곤 하루 종일 같이 앉아서 코딩하는 것이었다.

용호가 코딩을 다 마치고 나면 서보미가 테스트 겸 코드를 살펴주었다.

코드를 보다가 문제가 있어 보이는 부분을 짚어달라고 하면 오히려 만족스러운 미소를 지어 보였다.

문제가 있다고 말하는데 오히려 웃다니? 이해하지 못할 일 투성이였다.

"잘살려면 열심히 해야지."

"이미… 잘살고 있잖아요."

서보미는 지금도 충분해 보였다. 이미 통장에 얼마의 돈이 찍혀 있는지 수시로 확인하지 않아도 되는 경지였다.

음식을 시킬 때 가격표를 보지 않았다.

그건 백화점을 가서도 마찬가지였다. 어느 매장, 어느 코너를 가서도 옷 그 자체에만 집중하면 된다.

자신에게 잘 어울리는지만 보면 용호가 결제해 주었다.

이미 몇 벌을 선물 받았지만 받을 때마다 적응되지 않았다. 부담이 되지 않으려 서보미도 열심히 노력했다.

그래도 이건 좀 심하다 싶었다.

"지난 두 달간 야외로 나간 적이 한 번도 없는 거 알아요? 퇴근하고 나서도 하루 종일 컴퓨터 앞에서⋯ 물론 바쁘다는 건 충분히 이해하지만 한 달에 한 번 정도는 남들처럼 영화도 보고⋯ 하고 싶다고요."

서보미의 투정에 용호는 오히려 기뻐하는 듯 보였다. 항상 기죽어 있는 듯한 모습이 안쓰러웠다.

몇 번이나 말했지만 말로 되는 일이 아니었다.

"이제야 겨우 말하는구나."

마치 기다렸다는 듯 용호가 자리에서 일어났다.

"네, 네?"

"앞으로도 그렇게 말해줘. 좋으면 좋다, 싫으면 싫다, 하고 싶은 게 있으면 이게 하고 싶다. 이렇게 말이야. 너무 혼자 꾹 참고 있지 말고."

"⋯네."

용호의 말에 서보미가 다시 수줍어했다. 이런 남자가 자신을 사랑해 준다니… 꿈만 같았다.

"그럼 이것만 업로드하고."

용호가 만든 오픈 소스가 또 하나 겟 허브에 등록되었다.

이로써 총 열다섯 개의 오픈 소스가 등록되었다.

어느 것 하나 인기 없는 코드가 없었다. 가장 큰 요소는 단한 건의 버그도 없다는 점이다. 그리고 더 중요한 건 유용성, 개발자들의 마음을 누구보다 잘 알고 필요한 점을 넣어놨다.

"하여간 이 사람은 대단하니까. 어떻게 이게 필요한 줄 알고."

"그러게. 나도 얼마 전에 아크 모양 애니메이션 처리를 이사람 오픈 소스 가져다가 썼는데 정말 편하게 돼 있더라. 대부분 그냥 타원 모양 애니메이션이 만들어지고 마는데, 이건 그뿐만이 아니라 시작점, 끝점, 각도 같은 게 있어서 진짜 편하게 쓸 수 있다니까."

용호가 어느 것 하나 허투루 만들지 않았다는 뜻이다.

"서버 프레임워크는 또 어떻고. HTTP, Socket, 거기에 MQTT같은 각종 프로토콜을 엄청나게 지원해 주더라. 누군지는 몰라도 개인이 개발한 건 아닐 거야."

사용자들의 반응은 칭찬 일색이었다.

쨍그랑.

투명한 유리잔이 부딪치며 맑은 소리를 토해냈다.

"어제부로 천만 대 돌파했습니다."

어제부로 천만 대를 돌파하며 전 세계에서 점유율 역시 1% 이상으로 껑충 뛰어올랐다.

"이게 다 여기 용호 형님이 쿠글의 제안을 거절했기 때문이라니까요."

나대방은 어느새 X파일 사건 같은 건 잊은 듯 보였다.

그래, 이렇게 잊히는 거다.

"하여간 말은. 왜 안 파냐고 뭐라고 한 게 누구였더라?"

"제, 제가 언제 그랬습니까. 그리고 그런 과거는 빨리 잊어주는 게 모두에게 좋습니다. 안 그렇습니까?"

나대방이 동의를 구하는 듯 주변을 보며 소리쳤다. 주변 사람들 대부분이 쿠글에 넘기는 걸 찬성했었다.

나대방의 동의에 고개를 끄덕일 수밖에 없었다.

"그래, 과거는 잊히는 거지……."

그 뒷말을 나대방이 들어서 좋을 것이 하나 없기에 굳이 내뱉지는 않았다.

'하지만 잊어서는 안 되는 것도 있어.'

용호는 그 무엇도 잊지 않았다.

　　　　　*　　　　　　*　　　　　　*

　주체하지 못할 정도의 돈이 법인 통장으로 쌓였다. 뒷자리
에 붙어 있는 0이 기세를 멈추지 않고 늘어만 갔다.

　하지만 용호의 관심사는 그런 게 아니었다.

　"아직 부족한데……."

　용호가 주목하고 있는 것은 자신이 올린 오픈 소스가 얼마
나 퍼지고 있는지에 대한 것이다.

　겟 허브에서 제공하는 오픈 소스 중에 현재 가장 많은 다
운로드를 일으키고 있는 오픈 소스 10선에도 아직 들지 못했
다.

　"이게 정말 신세기에서 사용되고 있는지도 알아야 하는
데……."

　얼마나 많이 퍼졌는지도 중요하다. 그만큼 중요한 것이 정
말 신세기에서 사용하고 있는지 여부였다.

　'혹시 제가 만든 오픈 소스 사용하고 계시나요?', 다짜고짜
신세기 사람에게 이렇게 물어볼 수도 없는 노릇이었다.

　"어떻게 한다……."

　중요한 건 신세기에서 자신이 만든 오픈 소스를 사용하도
록 해야 한다는 것이다.

그렇다고 코드에 IP 정보를 보내는 모듈을 심을 수도 없다. 말 그대로 오픈 소스다.

누구나 해당 코드를 확인할 수 있다는 뜻이다.

사용자가 많아질수록 그런 눈에 띄는 작업은 쉽게 발각되게 마련이다.

그런 만큼 세심한 준비가 필요했다.

"이미 IP 대역은 알고 있지만……."

어떤 IP가 신세기의 것인지 알고 있다. 신세기에서 가져간 Fixbugs 코드 덕분에 IP 대역이 수집되었다. 어떤 IP를 신세기 시스템에서 사용하고 있는지에 대한 정보를 획득한 것이다.

"까다롭네."

문제는 한두 가지가 아니었다. 악성 코드에 의한 해킹처럼 보여서는 안 된다. 실제 프로그램상에서 발생할 수 있는 버그처럼 보여야 한다.

신세기에서 오픈 소스를 사용하는지에 대한 확인, 그리고 실제 버그처럼 보여야 한다는 문제가 아직 해결되지 못했다.

해당 컴퓨터의 사용자를 식별하는 방법은 대표적으로 두 가지가 있다.

IP, 그리고 NIC 흔히 네트워크 카드라 불리는 곳에 심어져 있는 MAC(Media Access Control) Address를 매칭해 보는 것이다. 이 MAC 주소라는 것은 전 세계에서 유일하게 해당 네트워크 카드만 가지고 있는 고유한 값이다.

"흠… MAC 주소와 IP 주소 정보도 모두 알고 있고, 오픈 소스에 네트워크 모듈을 심으면 안 되고……."

고민을 하던 용호의 얼굴이 환하게 밝아졌다.

"맞다. 이런 건 카스퍼스키가 전문이지."

방법은 생각났다. 구현의 문제만이 남았을 뿐이다. 그리고 이 문제의 전문가는 따로 있었다.

*   *   *

신세기 전산팀.

그중에서도 용호가 안면이 있던 원재진이 연신 침을 튀기며 동료 개발자에게 자랑을 늘어놓았다.

"내가 그때 그 사람이 얼마나 대단한지 한눈에 알아봤다니까."

과장과 허세가 섞인 그의 화법을 동료들도 알고 있는지 크게 신경 쓰는 눈치는 아니었다.

"그래도 이건 정말 괜찮기는 하다."

"어차피 사둔 거 그냥 놀리면 뭐 하나 하는 생각이겠지."

원재진의 생각은 정확했다. 실질적으로 정진용이 소유하고 있는 회사인 F. B. T에서 구매하게 된 Fixbugs의 사용 권한이 신세기로 넘어와 있었다.

"우리야 좋지, 진짜 편해졌어."

아직 대부분의 부서에서는 F. B. T를 사용하고 있었다. 이미 사둔 라이선스가 있었기에 몇몇 부서에서 시범적으로 Fixbugs의 제품을 사용했다.

반응은 놀라울 정도로 뜨거웠다.

하나같이 엄지손가락을 추켜올리길 서슴지 않았다.

"뭐, 다른 솔루션은 안 만드나."

그런 기대감까지 가지게 만들었다. 믿고 쓰는 프로그램이었다.

새빨간 색의 에러 메시지가 이클립스 화면을 뒤덮었다.

"이게 또 말썽이네."

근래 한국에서 가장 많이 사용하는 Spring 프레임워크. 오픈 소스이다 보니 별의별 Error 메시지가 발생했다.

분명 가이드 문서를 보고 따라했음에도 프로그램은 에러 메시지를 뱉으며 죽어버렸다.

"그냥 톰캣에 올리는 것도 안 되냐."

어이가 없었다. war 파일로 익스포트하여 톰캣에 올렸을 뿐이다. 하지만 웹 어플리케이션은 톰캣에 올라가지 않고 그대로 죽어버렸다.

"뭐 또 안 돼요?"

"가이드 문서에서 시키는 대로 했는데 안 되네."

모니터 화면에서 눈을 떼지를 못했다. 몇 번이고 살펴보았지만 문제를 찾을 수가 없었다.

"야, 이거 Fixbugs 솔루션 사용 요청 좀 해봐."

"…이미 사용량 초과라고 하던데요? 그래서 자사 제품인 F. B. T 사용하라고 위에서 내려왔나 봐요."

"아, 답답하다, 답답해."

답답할 수밖에 없다. F. B. T는 아무리 돌려도 버그를 제대로 찾아내질 못했다. 도대체 미국에 있는 개발자들은 뭘 하고 있는 건지 이가 갈렸다.

"오늘도 밤새야겠구먼."

방법이 없었다. 해결하기 위해서는 밤을 새야 한다.

"과장님… 이거 위에서는 모르는데 제가 어렵게 구한 겁니다."

은근한 어조로 말하던 대리가 조심스럽게 USB를 꺼내 들었다.

"그게 뭔데?"

"인터넷에 Fixbugs 코드가 떠돌아다니더라고요. 저도 신사업 개발팀에 근무하는 동기한테 어렵게 구한 겁니다."

대리의 말에 과장의 어투가 한층 조심스러워졌다. 혹시나 주변에 사람이 없는지 두리번거리기까지 했다.

"그, 그런 걸 써도 될까?"

"이번 한 번만 쓰고 지우면 되잖습니까. 그래서 저도 USB 에 담아서 다니는 거고요. 저도 사용해 봤는데… 꽤 괜찮더라고요. F. B. T보다 훨씬 성능이 좋습니다."

부하 직원의 말에 과장의 고민은 빠르게 사라졌다. 매일 하는 야근은 지쳤다.

이제는 그만 집에 일찍 들어가, 자고 있는 아이의 모습이 아닌 깨어 있는 아이의 모습을 보고 싶었다.

아내의 구박도 이제 그만 받고 싶은 것이 솔직한 심정이다.

"야, 고맙다. 내가 나중에 밥 살 테니까. 일단 줘봐."

허지훈이 넘긴 코드가 신세기 구석구석으로 퍼지고 있었다.

정진용은 이가 갈렸다. 자신이 기다려 준 시간이 얼마인가. 실리콘밸리 최고의 인재들이 모였다고 해서, 정말 세상에 없는 그 무언가를 만들어낼 것이라 생각했다.

실패는 성공의 어머니라고 생각하고 기다렸다.

스스로 생각해도 상당한 인내심을 발휘했다. 지금껏 이런 적이 단 한 번도 없다고 자부할 수 있다.

"그 결과가 이거야?"

막말이 나오려는 걸 겨우 눌러 참았다. 이제 더 이상 기다릴 수 없었다. 전화기 반대편의 사람은 고개를 들지 못했다. 한국에서처럼 욕을 하려던 정진용이 애써 폭발하려는 자신을 진정시켰다.

"에이버 쪽에 팔기로 했으니까. 그렇게 아세요."

일방적인 통보.

정진용은 이것도 예의를 차린 것이라 생각했다. 이 사람은 아웃이다.

"오늘부로 미국 지사는 정리될 겁니다."

한국보다 해고가 쉬운 미국, 정진용의 한마디에 그날부로 미국에서 근무하고 있던 개발자들이 전부 해고되었다.

근 50여 명에 달하는 사람이 하루 만에 일자리를 잃었다. 고용과 해고가 자유로운 미국이기에 가능한 일이었다.

*   *   *

개발에는 자신이 있지만 더 큰 규모의 경영에는 재능이 없음을 스스로 느끼고 있었다.

이 정도까지가 한계였다. 앞으로 이천만 대, 삼천만 대로 판매 대수가 늘어나고 회사가 더욱 커진다면… 경영할 자신이 없었다.

"그러니까, 제시가 잘 좀 부탁해."

그 뒤로 생각해 둔 사람이 제시였다. 미국 지사도 훌륭하게 경영하고 있는 만큼 전반적인 업무를 관장하고 자신은 개발에 집중하는 편이 나을 듯싶었다.

실리콘밸리에서도 인정받는 혁신 기업, 뛰어난 기술도 주효했지만 제시의 회사 경영 능력도 일조했다.

"…뭐, 네가 정말 원한다면야 그렇게 하겠지만."

"그게 이 회사가 앞으로 더 클 수 있는 가장 좋은 길인 것 같다. 내가 개발에 집중하고 네가 경영에 집중하는 게. 물론 중요한 결정은 함께 내려야겠지만 말이야."

그게 회사를 위해서도 자신을 위해서도 나은 선택이다. 자신은 별도로 해야 할 일이 많았다.

용호는 하루 종일 어떻게 하면 사람들이 많이 사용하는 오픈 소스를 만들까 하는 고민에 빠져 있었다. 회사 경영을 제시에게 맡기고 나자 개발에 쓸 수 있는 시간은 더욱 늘어났다.

"이걸 가장 많이 쓴다니까 이것도 한번 올려볼까."

용호가 만든 건 spring 프레임워크의 새로운 버전이었다.

spring 프레임워크.

프로그램을 만들 때 가장 많이 사용하는 프레임워크이다. 일종의 도구 같은 것이다.

인간이 사용하는 삽, 호미, 포클레인처럼 특정 상황을 빠르게 해결할 수 있는 도구. 도구를 사용하면 작업 시간이 확 줄어들 듯이 코딩량을 눈에 띄게 줄일 수 있어 전 세계적으로 수많은 사람들이 사용하고 있는 중이다.

특히나 한국에서는 오픈 소스인 spring을 사용하여 egovframe이라는 것을 만들었다.

공공 기관을 넘어 민간, 그리고 세계에 퍼뜨려 보겠다는 원대한 포부에서 시작했지만 대부분 공공 기관 프로젝트에서만 사용되고 있었다.

"egovframe보다 가볍고, spring에서 불편한 기능들은 없애고 콤팩트화시키면."

개발자들의 생각을 누구보다 잘 알고 있는 용호였다. 자신이 만든 오픈 소스의 사용량을 늘리기 위해 여러 사이트에서 나오는 의견들을 참고했다.

"좀 더 웹 서버를 간단하게 띄울 수 있게 바꾸면."

용호가 또 하나의 오픈 소스를 겟 허브에 올렸다. 이로써 벌써 50개가 넘어가는 오픈 소스가 올라갔다.

코딩 머신이라 불려도 손색없는 속도였다.

                    *   *   *

　부하 직원이 슬쩍 빌려준 버그 분석 솔루션이 생각보다 쓸
만했다. F. B. T보다는 확실히 좋았다.

　"정말 잡아주네."

　생각보다 괜찮은 성능에 한 번만 사용하고 지우려 했지만
자꾸만 사용하게 되었다.

　야근에 지쳐 있던 그에게는 가뭄의 단비 같은 존재였다. 그
런 동료의 변화를 알아챈 면세점팀에 근무하는 같은 직급의
직원 한 명이 은근히 다가왔다.

　"야, 너 요새 일찍 퇴근하더라."

　"아… 뭐, 그랬나."

　"문제가 없는 거냐? 갑자기 실력이 늘은 거냐?"

　"…자, 잘 모르겠네."

　갑작스러운 질문에 당황하는 기색이 역력했다. 그런 이상
기류를 감지했는지 남자는 더 집요하게 물어왔다.

　"뭔데. 뭔가 있구먼. 말해봐. 야근 절정에 있던 마트팀이 매
일 일찍 퇴근할 수 있는 이유를 불어보라고!"

　"사실……."

　그날부로 면세점팀도 야근에서 해방되었다.

하지만 자청해서 야근하는 사람도 있었다.

"어떻게, 되겠냐?"

"어렵지는 않지, 그런데 무슨 짓을 꾸미기에 이런 걸 해달라는 거야?"

"좋은 짓."

카스퍼스키가 어처구니가 없다는 듯 용호를 바라보았다. 직원들 대부분이 퇴근한 시각, 자신을 조용히 부르기에 무슨 일인가 싶었다.

요점은 허지훈이 넘긴 코드에 원격으로 몇 가지 기능을 추가해 달라는 것이다.

별로 어렵지는 않았다.

"한 하루 정도면 되지 않을까 싶은데."

"오케이. 다른 친구들한테는 말하지 말고."

"이렇게 비밀이 쌓여가는 건 좋지 않다. 알고는 있어라."

카스퍼스키가 처음으로 우려를 표했다. 그런 사실은 용호도 충분히 알고 있었다.

"이번이 마지막이야."

"정말?"

도박하는 사람들이 항상 하는 말이 '이번이 마지막이다, 진짜 이번이 마지막이다'였다.

카스퍼스키는 용호의 말을 그런 의미로 받아들이는 듯했다. 그런 카스퍼스키의 말뜻에 담긴 의미를 알았는지 용호는 굳이 대답하지 않았다.

다시 사무실로 돌아가 카스퍼스키와 맞춘 프로토콜대로 오픈 소스를 수정할 뿐이었다.

Chapter 6

마지막 준비

경영 일선에서 물러나 두문불출하며 용호가 한 건 오픈 소스 업로드만이 아니었다.

k—coder라는 아이디로 탑 코드, 스택 오버 플라이 같은 사이트에서 왕성하게 활동했다.

마치 인터넷 세상을 잡아먹을 듯한 기세였다.

"곧 올라가겠네."

탑 코드에서도 얼마 지나지 않아 10위권 내에 진입할 수 있을 것 같았다.

탑 코드만이 아니었다. 스택 오버 플라이에서 가장 많은 답변을 단 사람들 중에 하나로 선정되었다.

답변을 많이 달기만 한 것이 아니었다.

"이놈의 인기란. 훗."

화면을 보던 용호도 스스로가 대견한 듯 보였다. 용호가 단 답변의 채택율은 95%에 육박했다.

채택율로만 보자만 1등이라 할 수 있었다.

"메일함이 미어터지는구나."

익명성이 철저히 보장되었기에 용호의 실체를 알고 있는 사람이 없었다. 연락할 방법은 오로지 쪽지나 메일에 불과했다.

그런 쪽지나 메일에는 만나서 이야기를 나눠보고 싶다, 강연에 초청하고 싶다, 채용하고 싶다, 라는 내용들이 가득했다.

그중 몇몇 눈에 띄는 메일이 보였다.

"쿠글 I/O 연사 초청?"

쿠글에서 보낸 메일도 그중 하나였다. 전 세계적으로 관심을 가지는 쿠글 I/O, 그곳에서까지 초청 메일이 도착해 있었다.

'코딩, 어떻게 할 것인가?'에 대해서 강연을 해달라는 내용이었다. 각종 커뮤니티에서 활동한 덕분인 듯 보였다.

"흠……."

또 다른 메일을 살펴보았다. 쿠글에서만 메일이 온 것이 아니었다.

"에이버?"

쿠글만이 아닌 에이버에서도 메일이 도착해 있었다. 쿠글 I/O처럼 에이버에서도 A2라는 개발자 컨퍼런스를 매년 진행했다.

그곳의 연사로 초대된 것이다.

고민을 하던 용호가 답 메일을 작성해 나갔다.

답 메일을 보낸 용호는 유일하게 신뢰할 수 있는 사람, 나대방에게 전화를 걸었다.

자신이 생각하고 있던 앞으로의 일에 대해 운을 떼자 예상했던 반응이 흘러나왔다.

─형님, 그게 무슨 말씀이십니까. 회사 일에서 손을 떼겠다니요.

"이제 나 없어도 회사가 잘 굴러가잖아. 경영은 제시가 하고, 개발에는 카스퍼스키가 있으니까."

─그래도 형님이 있어야 합니다!

나대방이 강하게 반발했지만 이미 용호는 결심을 굳혔다. 회사가 나아가야 할 방향은 상당 부분 정한 상태였기에 더더욱 한발 물러설 수 있었다.

"당분간만이야. 한 일 년? 이 년? 그 정도면 마무리될 것 같다."

"도대체 무슨 짓을 하려고……."

나대방은 본능적으로 불안감이 피어올랐다. 신세기 X파일을 해결하겠다며 나섰던 기억이 어렴풋이 떠올랐다.

회사가 성장하며 잊고 있었는데 왜 하필 지금 이 순간 그 기억이 떠오르는지 자신 스스로도 알지 못했다.

혹시나 해서 말해보았다.

"신세기 X파일 때문입니까?"

불편한 침묵, 용호의 침묵이 나대방을 불편하게 만들었다.

"저희 아버지도 이제 조용히 잘 살고 있습니다. 아무도 피해본 사람이 없다고요."

"그것 때문만은 아냐."

"그럼 도대체 왜 그러시는 겁니까. 회사 일 안 하고 무슨 일을 하시려고요."

"그냥 일종의 책임감이라고 해두자. 내 이름은 자문으로만 올려뒀으면 좋겠어. 앞으로 각종 언론에도 내 이름이 거론되지 않도록 해주고."

용호는 그 말을 끝으로 더 이상의 의견은 받지 않겠다는 듯 전화를 끊었다.

옆에 앉아 있던 서보미가 용호의 등을 쓰다듬어 내렸다. 이미 용호와 평생을 함께하기로 약속했다. 그 약속을 증명하기 위한 의식만이 남은 상태였다.

"오빠……."

"오래 걸리지는 않을 거야. 너도 알잖아. 얼마나 힘든지."

서보미는 이해한다는 듯 조용히 용호를 바라봐 주었다. 그
눈빛에 담긴 신뢰를 읽었는지, 용호도 조용히 서보미를 안았
다.

*   *   *

용호의 답변을 받은 에이버 관계자들의 고민이 깊어졌다.

"뭐? 얼굴은 못 나오고… PPT와 음성변조한 목소리로 대신
하겠다?"

"정확히는 트위치 방송입니다."

"이걸 어떻게 한다… 초청한다면 분명 이슈거리는 될 거 같
은데 그렇다고 얼굴도 내비치지 않겠다는 사람을 내보낼 수도
없고."

"어차피 얼굴이 중요한 게 아니니 상관없지 않을까요?"

나름 합리적인 의견이었다. 실력이 중요하다. 얼굴이 어떻게
생겼는지, 나이가 몇인지, 그 사람이 어떤 사람인지는 고려 대
상이 아니다.

"야, 그래도 명색이 컨퍼런스인데 얼굴은 보여야 되지 않

겠냐?"

"그게 꼭 필요한가……."

A2 컨퍼런스 테스크 포스팀의 갑론을박은 누군가 회의실에 들어올 때까지 계속되었다.

하루는 24시간이다. 이는 곧 하루에 인간이 할 수 있는 일의 양에 제한이 있다는 말이다.

잠도 자야 하고 밥도 먹어야 한다.

더구나 프로그래밍이라는 건 고도의 지적 노동이다. 하나의 프로젝트도 버그 없이 끝내기란 쉽지 않다.

그런데 이건 마치 공장에서 공산품 뽑아내듯 코드를 뽑아냈다. 그러면서도 버그는 단 한 건도 없었다.

"무조건 초청해야겠는데."

연사 후보에 용호를 올린 후, 지속적으로 모니터링을 해왔다. 모니터링 결과는 그저 벌어진 입을 다물지 못하게 만들었다. 오픈 소스는 일주일 단위로 업데이트되었고, 스택 오버 플라이에 올라오는 답변은 하루에도 수십 가지는 되는 듯 보였다.

그 능력이 너무 탐나 회사로 영입하고 싶었지만.

"그건 안 되겠지."

이 정도의 실력자라면 직접 회사를 만들고도 남을 것 같았다. 지금이야 연사로 초청이 가능하겠지만… 앞으로는 과연 얼굴을 볼 수는 있을까, 라는 의문을 들게 만들었다.

전 세계적으로 개발자들에게 유명한 사이트가 존재한다.

문제 질답 사이트인 스택 오버 플라이.

오픈 소스 저장소인 겟 허브.

알고리즘 경연 사이트인 탑 코드.

이밖에도 유명 사이트는 많았지만 이 세 가지가 가장 인지도가 큰 사이트들이라 할 수 있었다.

삼관왕.

트리플 크라운.

용호는 이 세 군데 사이트의 가장 윗자리를 차지했다.

1위, k-coder.

k-coder라는 닉네임이 더 이상 올라갈 자리가 없었다.

"휴우… 생각보다 오래 걸렸네."

용호가 사이트들을 돌아다니며 다시 한번 확인해 보았다. 다시 보아도 1등, 눈을 껌벅이고 또 보아도 1등이었다.

"이제 유명해지는 일만 남은 건가."

하지만 그건 용호의 착각이었다.

k-coder는 이미 유명해져 있었다.

목소리와 PPT로만 출연해도 되겠냐는 용호의 제안은 쿠글에서도 에이버에서도 받아들여졌다.

—데이터베이스에 따라 엔터티를 다시 생성해야 한다는 것이 불편하다는 것에서 출발했습니다.

용호의 강연이 이어질수록 개발자들은 진지하게 방송을 경청했다.

—객체의 재사용성을 높이기 위해 DI를 사용했지만 프레임워크가 잘못 만들어질 경우 이는 오히려 객체 관리가 효율적으로 되지 못할 수도 있다는 위험을 초래했습니다. 그래서 저는…….

용호, 즉 k—coder는 자신이 만들어 올린 오픈 소스들에 대한 설명도 잊지 않았다.

spring 프레임워크에서 자신이 개선한 것들, 개발하며 느꼈던 소회들에 대해서도 놓치지 않았다.

주옥같은 이야기들이 트위치 방송을 통해 쿠글 I/O에 참석한 개발자들에게 전파되었다.

그리고 곧이어 A2 행사에도 용호가 강연을 시작했다.

여전히 얼굴은 가린 채였다. 내용의 대부분은 쿠글 I/O에서 진행했던 것과 비슷했다. 하지만 중간에서부터 달라졌다.

검색엔진 VS 광고 엔진.

—바로 며칠 전 쿠글 I/O에서도 강연을 했었습니다. 그래서 한번 이 기회에 두 회사를 비교해 보는 시간을 가져 보기로 했습니다.

그러고는 이내 화면에 하나의 그래프가 보였다.

—여기 보이시나요? 작년 총선 기간 동안의 시간대별 인기 검색어입니다. 그런데 이때 당시 사회에 가장 이슈화되었던 건 무엇인지 아십니까?

용호는 담담히 말을 이었다.

—바로 강남 을에서 여당을 꺾고 당선된 나선기 전 의원입니다. 여당의 텃밭인 강남 을에서 표 몰이를 한 나선기 전 의원. 그런데 어떻게 실시간 검색어 순위에 보이지 않을 수 있을까요?

PPT는 또 다음 화면으로 넘어갔다.

—이 화면은 당시 쿠글 트렌드입니다. 여기 보시면 나선기 전 의원에 대한 검색이 상당히 활발히 이루어졌다는 것을 볼 수 있을 겁니다.

변조된 목소리로 흘러나오는 용호의 음성이 조금씩 커져갔다. 강연을 지켜보는 몇몇 개발자들은 이미 알고 있던 사실이라는 듯 고개를 주억거렸다.

─더욱 충격적인 건 이 다음입니다. 총선 기간 당시 나선기 의원과 여당 후보를 검색해 보았습니다.

화면은 넘어갔고, 생전 처음 보는 얼굴이 나타나 있었다.

─보시는 얼굴은 나선기로 검색했을 때 연관 인물로 나온 사람입니다. 처음 보시는 얼굴일 거라 생각합니다. 저도 그랬으니까요. 그런데… 여기 여당 후보를 검색해 보면.

정확한 인물 정보가 보였다. 누구나 알 수 있는 확연한 차이였다.

─어떻습니까? 이 자료는 모두 당시 제가 아는 사람이 나선기 의원의 선거 운동을 지원하며 모집한 사항들입니다.

하지만 아직 용호의 발표는 끝나지 않았다.

"뭐 하는 거야, 당장 꺼!"

누군가 조용히 소리쳤지만 화면은 꺼지지 않았다.

"이, 이걸 지금 끄면 더 큰 소란을 불러일으킬 텐데요……."

"그럼 저걸 계속 듣고 있자는 말인가!"

"……."

이러지도 저러지도 못했다. 화면을 그냥 꺼버리기에는 마치 지금의 사실을 인정하는 것 같았다.

하지만 그대로 둘 수도 없었다.

"끄라는 말 안 들려!"

용호가 보인 다음 화면은 더욱 충격적인 내용들을 담고 있었다.

─보이십니까? Fixbugs라는 회사가 에이버 앱 마켓 이용률을 높이는 데 기여한 자료들입니다.

슬라이드는 다시 다음 장으로 넘어 갔다.

─그런데 이후 벌어진 일을 보십시오.

쿠글의 조 단위가 넘는 기업 인수 제안.

연이어 에이버에서 제안한 기업 인수 가격.

그리고 이후에 벌어진 인력 빼 가기와 같은 사건들이 연도별로 나열되어 있었다.

─독점적 지위를 누리는 인터넷 기업이 '도덕성'과 '사회적 책임'이라는 두 가지를 잃어버릴 때 얼마나 무서운 일이 벌어지는지 지금까지 보셨습니다.

이제 화면에는 끝을 알리는 END가 떠 있었다. 장내에는 반신반의하는 분위기가 팽배했다.

사실이다. 거짓이다. 벌써부터 갑론을박이 벌어졌다. 마치 이러한 분위기를 알기라도 하듯이 용호가 마지막 멘트를 시작했다.

─자꾸만 끄라는 신호가 오고 있네요. 막는 것도 이제 한계인 것 같습니다. 이것 한 가지만 말씀드리겠습니다.

여러분이 보시는 건 항상 빙산의 일각에 불과합니다. 개인의 힘으로 조직을 감시할 수는 없습니다. 제가 찾은 일련의 자료들도 발톱의 때만큼도 되지 않는 것들입니다. 그러니 항상 눈을 뜨고 살아야 합니다. 눈이 있어도 보지 못하는 것들을 놓치지 않도록 말입니다.

k—coder라는 인물에 대한 궁금증만을 남긴 채, 이내 화면은 End라는 글자마저 사라지며 완전히 꺼져 버렸다.

*　　　　*　　　　*

용호, k—coder가 왕성한 외부 활동을 하고 있는 동안 제시가 최고 경영자로 있는 Fixbugs라고 해서 정체되어 있지는 않았다.

천만 대를 넘어 천오백만 대, 이천만 대를 향해 나아갔다. 매출은 늘어만 갔고, 그만큼의 이익이 쌓여갔다.

"이제 OS 개발을 본격적으로 시도해도 되겠어요. 지금까지 했던 설계를 기반으로 OS를 구현해 줄 사람들도 뽑아보도록 하죠."

제시의 말에 나대방이 손을 들고 물었다.

"그런데 이걸 오픈 소스로 공개한다는 게 정말입니까?"

"네, 맞아요. 더 이상 OS를 팔아서 돈을 버는 시대는 지났습니다. 윈도우라는 OS도 점차 한계를 느끼고 각종 서비스로 수익 모델을 옮겨가고 있어요. 저희 역시 마찬가지입니다. OS 자체는 오픈 소스로 공개할 겁니다. 우리의 수익 모델은 OS 기반 위에서 돌아가는 서비스에 집중될 겁니다."

용호가 제시를 전면에 내세운 이유이기도 했다. 단기적인 수익에 매몰되거나, 시대의 흐름에 뒤처지지 않았다.

누구보다 용호가 하고자 하는 것에 대한 이해도가 높았다.

"뿐만 아니라, 모듈 마켓을 확장하고 신기술에 대한 투자를 더욱 늘릴 겁니다."

"그러기 위해서는 사람 역시 더 뽑아야겠네요."

"저희 회사가 연봉을 책정하는 기준인 시장에서 가장 높은 임금을 지급한다는 모토 아래… 최고의 기술자들을 뽑을 겁니다. 이미……."

제시는 아차 싶었는지 더 이상 말을 하지 않았다.

지켜보는 나대방은 알고 있었다. 이미 용호로부터 받은 언질이 있었다.

"몇몇 사람들 보낼 테니까, 하고 싶은 거 하게 해. 하루에 4시간 정도만 OS 개발하고 나머지 시간에는 자기 하고 싶은 일 하면 된다고 했으니까."

그리고 보내준 건 이력서도 아니었다. 몇몇 인터넷 링크가 다였다. 하지만 그 인터넷 링크라는 것이 쉽게 지나칠 수 있는 것들이 아니었다.

겟 허브에 업로드되어 있는 코드로 그 사람의 코딩 습관을 알 수 있었다.

탑 코드에 랭크되어 있는 순위로부터 현재 그 사람이 알고리즘에 대해 어느 정도의 능력이 있는지 알 수 있었다.

스택 오버 플라이에 달아놓은 답변으로 커뮤니케이션 능력을 알 수 있었다.

딱히 면접도, 이력서도 필요 없다.

인터넷에 이미 그 사람이 지금까지 해온 커리어와 면접을 통해 파악할 수 있는 내용들이 대부분 나와 있었다.

"도대체 어디서 저런 괴물들을 데려왔는지……."

데이브 못지않은 개성을 가진 사람들이 자리에 앉아 있었다. 빡빡 머리를 밀어 민머리를 한 사람, 두 팔에 문신이 가득한 사람. 뿐만 아니었다.

하루 종일 구부정한 자세로 자리에 앉아 레고 블록을 만드는 사람도 있었다.

"출퇴근도 자유라니… 무슨 생각인지 모르겠네."

심지어는 출퇴근도 자유였다. 국적 역시 한국 국적만 있는 것이 아니었다. 다시 모국으로 돌아가고 싶으면 언제든 돌아가도 된다.

자택에서 일을 하고, 결과물만 올려주면 된다고 말해둔 것이다.

"헬로 X라··· 무슨 쿠글 따라하는 것도 아니고."

용호가 붙인 이름은 헬로 X, 쿠글에 존재하는 쿠글 X라는 기관을 따라한 듯 보이는 이름이었다. 용호의 말로는 앞으로 Fixbugs의 미래를 책임질 인물들이라고 했다.

"뭐, 두고 보면 알겠지. 그런데 왜 자꾸 과거의 일을 알아봐 달라고 하는 건지."

얼마 전부터 개발에 관련된 것이 아니라 과거의 사건들에 대해 조사를 부탁하는 일이 늘어났다.

의아했지만 알려주었다.

"도대체 무슨 일을 하고 다니는 건지."

요새 들어 더욱 그런 생각이 늘었다. 하지만 나대방은 이내 고개를 흔들고 고민을 털어버렸다. 그밖에도 해야 할 일이 많았다.

*   *   *

A2 행사장에서 벌어진 일은 결국 그 속에서만 퍼질 뿐이었

다. 이미 대부분의 언론을 포털 사이트를 통해 접하고 있다. 에이버 뉴스가 기존 언론을 대표하는 공간으로 자리매김했다.

용호가 폭로한 사건들은 에이버에 만들어진 게시판 중 그 어느 곳에서도 볼 수 없었다.

실시간 검색어에 에이버 조작이란 단어가 과연 올라갈 수 있을까?

없다.

"역시 없네. 뭐, 충분히 그럴 것 같았지만."

씁쓸했다. 역시 이 정도로 변하는 건 아무것도 없다. 사건에 대한 사과도, 변명도 없다. 그저 처음부터 없었던 일인 것처럼 사라져 버렸다.

뉴스를 살피던 용호의 눈에 Fixbugs 관련 기사들이 들어왔다.

"내 이름도 없어졌군."

최근 한국에서 승승장구하고 있는 기업, Fixbugs 관련 뉴스에 용호의 이름은 없었다. 정부 주도로도, 세계 최고의 IT 기업으로 군림하고 있는 오성전자가 두 번이나 OS 개발을 시도했지만 결국 실패한 OS 개발에 뛰어들겠다는 Fixbugs와 관련하여 그 어디에도 용호의 이름은 보이지 않았다.

시간이 지나며 잊혀졌다.

"그 친구들은 잘하고 있겠지."

용호가 회사로 보낸 사람들은 대부분 인터넷을 통해 알게 된 사람들이었다. 탑 코드에서 1등이 되기 위해 이겼던 사람, 겟 허브에 올라온 코드를 리뷰해 주며 알게 된 사람, 그리고 스택 오버 플라이에 올라온 질문에 답변을 달아주며 알게 된 사람들이었기에 국적도 인종도 다양했다.

"그럼 오늘도 열심히 일해볼까."

용호가 오늘 해야 할 일을 살펴보았다. 엑셀에는 오늘 해야 할 들이 빼곡히 적혀 있었다. 그런데 그 위에 적혀 있는 프로젝트 이름이 낯설었다.

H카드 CRM 프로젝트, 용호가 보고 있는 문서에 적혀 있는 문구였다.

*   *   *

다시 프리랜서로 일을 시작했다는 소식을 접했다. 먹고살기 위해서는 일정 수입이 필요했다.

폐를 잘라내고도 다시 일해야 했다.

신세기에서 받은 그간의 야근 수당과 보상금만으로 100세 시대를 살기에는 부족했다.

그 사람이 일하고 있는 곳이 바로 H카드 CRM 프로젝트였다. 용호 역시 프리랜서로 지원했고, 그간의 경력 덕분인지 너무나 간단하게 채용되었다.

단 조건을 달았다.

그 사람과 같은 분야에 일을 시켜달라는 것이었다. 그리 어려운 조건도 아니었다. 누구나 탐낼 만한 실력과 경력을 갖추고 있었기에 더욱 용호의 말에 귀를 기울였다.

이용호라는 이름을 어디서 들어본 사람도 있는지 흠칫 놀라는 사람도 몇 있었다.

"혹시, Fixbugs 이용호 사장이라고 아세요?"

"아, 알고 있습니다. 이름도 같고, 얼굴도 비슷하게 생겨서인지 비슷하다는 소리를 자주 듣습니다."

"하하, 그러네요. 정말 똑같이 생겼네. 더구나 경력 사항을 보니… 거기서 일도 했네요?"

"네. 당시에도 오해를 참 많이 받았습니다."

용호가 별 대수롭지 않다는 듯 받아넘겼다. 어차피 언론에 뿌려진 사진은 20대 시절의 어린 용호다. 더구나 증명사진, 실물과는 차이가 있을 수밖에 없다.

고개를 갸웃거리던 면접관들이 내린 결론은 하나였다.

"진짜 비슷하게 생기기는 했네요."

그러면서 결국 채용이 결정되었다. 해당 분야에 대한 경력은 Fixbugs에서 보장해 주었다. 더구나 용호를 채용할 수밖에 없는 이유는 한 가지 더 있었다.

"스스로 페이를 깎아준다니… 뭐, 말씀하신 대로 하도록 하죠."

스스로 페이를 깎아내렸다. 그렇게 해서 다시 마주했다. 그리고 과거와 크게 다르지 않은 상황이 눈앞에 펼쳐져 있었다.

야근.

야근.

그나마 용호가 투입되고 나서 야근은 줄었다.

"아, 번번이 고마워요. 용호 씨."

폐를 잘라내서인지, 말소리가 어설펐다. 목소리에 바람 소리가 약간 섞인 듯했다.

"아닙니다. 당연히 도와드려야죠."

"하하, 그런데 진짜 똑같이 생기기는 했네요."

전혀 기억하지 못했다. 회의 때 몇 번 부딪쳤을 뿐이다. 기억할 수 있을 리가 없었다.

'여전히 힘들게 일하는구나.'

용호는 안쓰러움에 절로 눈살이 찌푸려졌다.

"힘들지는 않으세요?"

"뭐, 배운 게 도둑질이라고 먹고살려면 별수 있나."

들은 바로는 당시 받은 돈으로 자영업을 시도했다가 실패했다고 들었다.

그렇게 까먹은 돈만 몇천만 원, 말 그대로 '별수 없었다'. 다시 일해야 했다.

용호가 프리랜서로 일을 하고 있는 건 단지 도움을 주기 위해서만은 아니었다.

'오케이, 이쪽은 됐고.'

또 다른 볼일이 있었다. 신세기에서 사용되는 카드들 중 메이저 카드사에 적용해야 할 게 있었다.

버그는 연관 관계가 많아질수록 찾기가 어려워진다. 그건 꼭 내부에서의 연관 관계만을 의미하지는 않았다.

너희 회사 문제다.

아니다. 당신네 회사 문제다.

그래서 '시스템 간의 연동'이 어려운 것이다. 문제 발생의 주체를 찾기도 어렵고, 서로 간에 주고받는 전송 규약을 일일이 테스트해 봐야 하는 등 일이 두 배로 늘어나기 때문이다.

"그럼 일어나 볼까."

기지개를 켜며 자리에서 일어나던 용호의 눈에 아직도 옆에 앉아 퇴근하지 못하고 있던 그 사람이 눈에 들어왔다.

"퇴근 안 하세요?"

"아, 이것만 마무리하고요."

그 사람의 말에 용호의 입에서 반사적으로 과거의 일이 튀어나왔다.

"아니, 몸도 안 좋으신 분이……."

순간 당황하는 기색이 역력했다. 주변을 둘러보며 어쩔 줄을 몰라 했다.

"응? 자네 몸이 안 좋아?"

용호의 목소리가 조금 컸는지 근처에 떨어져 있던 PL이 그 사람에게 물었다.

"아, 괜찮습니다. 원래 개발하면 다들 몸이 안 좋잖아요."

그러고는 용호에게 빠르게 눈짓을 보냈다. 더 이상 말하지 말라는 뜻이었다.

PL도 큰 의미를 두는 것 같지는 않았다.

"하긴 그야 그렇지. 나도 얼마 전에 건강검진 했는데 고지혈증 주의라고 나오더라. 그래도 일은 마치고 가야 돼."

"아, 알겠습니다. 잠시 바람 좀 쐬고 오겠습니다."

자리에서 일어난 남자가 자리에서 일어나 용호를 이끌고 바깥으로 나갔다.

할 말이 무척 많은 표정이었다.

쓰으읍.

물고 있던 전자 담배를 입에서 떼자 하얀색 연기가 피어올랐다. 과일맛 연료를 사용한 듯 전자 담배에서는 상큼한 블루베리의 향기가 피어올랐다.

"그런데… 다른 사람들에게는 말하지 말라고요?"

"네. 어떻게 아셨는지는 모르지만, 그냥 말하지 않아주셨으면 좋겠어요. 별로 좋은 이야기도 아니고."

"…아."

"지난한 싸움이었어요. 결국 회사로 복귀하기는 했지만 알잖아요. 위에서 좋아할 리가 없다는 거."

입맛이 쓴지 다시금 전자 담배를 한 모금 들이켰다.

"결국 나올 수밖에 없었어요. 처음에는 어디든 갈 수 있을 것 같았는데, 폐 한쪽이 없어서 건강도 안 좋은 놈을 누가 써주겠어요? 써준다고 해도 또다시 쓰러질지 알 수도 없는 일이고, 할 수 없이 먹고살려고 자영업을 했지만 그건 뭐 쉽나요. 온통 동네에 있는 게 치킨 집인데."

이제는 씁쓸함을 넘어 자조가 섞여 있었다.

"망하고, 망하다 보니 다시 여기로 돌아왔네요. 처음에는 경력 사항에 넣었는데 이건 웬걸, 내부 고발자니 야근도 못하는 개발자라느니 하는 소리만 듣고 일자리는 전혀 못 찾겠더라고요. 그래서 숨겼죠."

"하……."

피해자가 오히려 숨겨야 하는 상황, 용호는 이 상황이 어이가 없어 실소를 지을 수밖에 없었다.

"그러니까 앞으로도 나서지 말아줬으면 해요."

"……."

용호는 침묵으로 대답을 대신했다. 입 밖으로 내뱉지 않고
가슴속에 새겼다.

피해자가 오히려 쉬쉬거리고 숨겨야 한다. 부당하고 불합리
했지만 그게 현실이다.

Chapter 7
완벽한 버그

용호는 하나의 프로젝트에 오랫동안 있지는 않았다. 다른 카드사에서도 해야 할 일이 있다.

"이용호 씨, 오늘 출근 안 했어?"

"방금 전에 전화 와서는 몸이 안 좋다고 출근을 못 하게 됐다고 하던데요."

"뭐?"

그 뒤로 이어진 말은 더욱 황당했다.

"대신… 이번 달 월급은 안 줘도 된답니다."

"…그렇게 안 봤는데 이거 이상한 놈이네."

"본사에 연락할까요?"

"인사팀에 연락해서 우리 쪽 프로젝트에 못 들어오게 해. 그래도 아깝네… 일은 참 잘했는데 말이야."

"그럼 그렇게 처리하겠습니다."

그렇게 H카드 CRM 프로젝트에서 계약 종료를 당할 때, 용호는 또 다른 프로젝트에 투입되어 있었다.

H카드에 경험이 있어서일까. 다음 프로젝트로 넘어가기는 더욱 쉬웠다. 카드사뿐만 아니라 카드사와 상점의 중간 가교 역할을 하는 VAN사에서 진행하는 프로젝트까지 진출했다.

N정보통신 유지 보수 프로젝트.

S카드 연동 모듈 재개발 프로젝트.

K—VAN POS 프로그램 개발 프로젝트 등등.

소비자가 상점에서 결제하여 카드사에 도달하기까지의 전 과정에 개입했다.

'버그 하나 완성.'

전 과정에 개입하여 용호가 만든 건 하나의 버그였다. POS 기에서 버그가 발생하면, 버그에 의해 발생된 데이터가 VAN 에 전해지고 VAN에서 또 다른 버그가 발생한다.

이 버그는 카드사까지 전달되고, 카드사에서 다시 은행권으로 전달되기까지… 용호는 이런 전 과정에 개입했다.

'어떤 혼란이 발생할지는 모르겠지만.'

이게 자신이 해야 할 일이라 생각했다. 해킹이 아닌 버그를 통해, 기술에 대한 사람들의 관심을 환기시키고 신세기를 부도 상태까지 만들어 버리는 것이 용호의 최종 목표였다.

순회 완료.

겨울이 끝나고, 다시 봄, 여름을 지나 가을쯤 되니 국내 대부분의 카드사 프로젝트에 참가한 이력을 가질 수 있었다.

"생각보다 일찍 끝났네."

일 년 정도를 생각했지만 채 일 년이 걸리지 않았다. 처음 하고자 했던 대로 일을 다 마쳤지만 개운하지가 않았다.

"보험이 필요하겠어."

그렇게 또다시 몇 개월이 지나갔다.

         *   *   *

신사역 주변 가로수길.

건물 전면이 뚫려 있는 커피숍에서 용호와 나대방이 서로 마주 보고 앉아 있었다.

"이제 일 년 다 된 것 같은데요?"

"그, 그러냐."

"이제 그만 일하셔야죠."

나대방의 말에 용호는 속으로 소리쳤다.

'나도 계속 일했다고!'

하지만 나대방이 그러한 사실까지 알 수는 없는 일, 용호는 그저 속으로만 외쳐야 했다.

"보니까 이제 나 없어도 잘될 것 같던데?"

"…음, 부정할 순 없군요."

나대방이 짐짓 과장된 제스처를 취하며 말했다.

"그래서… 이제 그런 번잡한 일을 피하고 싶기도 하다."

지난 일 년간의 일들이 용호의 머릿속으로 스쳐 지나갔다. 자신이 인턴 생활을 하며 겪은 건 불행하다고 말할 수 있는 축에도 속하지 못했다.

폐를 다쳐도 다시 일해야 했던 사람을 비롯해서, 상사와의 회의가 밤 12시라 매일 택시를 타고 퇴근해야 하는 사람, 기껏 일을 다 해놨더니 월급을 떼어먹힌 사정, 일자리를 구한다고 가보니 마치 미끼 상품처럼 광고해 놓아 실제 조건은 저 밑바닥이었던 경우 등등 헤아릴 수도 없을 만큼의 비극적인 일들이 여전히 자행되고 있었다.

그런 일들을 겪으며 지내다 보니, 이제는 조용히 살고 싶은 것이 용호의 솔직한 심정이었다.

유유자적하며, 여행이나 떠나고 싶었다. 눈치 빠른 나대방이 그런 용호의 심정을 대번에 알아차린 듯 표정을 굳혔다.

"형님, 시작했으면 끝을 봐야 된다고 형님이 그랬습니다. 아직 테헤란로에 있는 빌딩 하나 사지 못했다고요."

"으, 응?"

"그러니까 그동안 뭐 하고 다녔는지 묻지 않을 테니 회사로 돌아오세요. 이건 부탁이 아닙니다."

순간 나대방이 용호의 뒤로 눈짓을 보냈다.

턱.

용호의 어깨 위로 굵은 손이 올라왔다.

"뭐, 뭐야."

"첫 번째 행사장부터 가시지요."

제임스가 의자에 앉아 있던 용호를 달랑 들어 올려, 대로변에 대기하고 있던 차에 태웠다.

차 안에는 이미 제시가 대기하고 있었다.

"왔어?"

"…오늘 무슨 날이야?"

제시의 손에는 한 뭉치의 서류가 들려 있었다. 언제부터인지 안경을 끼기 시작한 제시가 이미 아이가 있는 유부녀답지 않게 날카로운 눈빛으로 용호를 쩨려보았다.

"회장님의 화려한 복귀 날이지."

"회, 회장?"

"몰랐어? 회사를 통합했는데. Fixbugs에서 bugs를 빼고 FIX로."

"……."

용호는 전혀 영문을 모르겠다는 표정이었다.

"스마트폰이 잘나가면서 규모가 커졌어. Fixbugs도 마찬가지고. 회사 규모가 커졌으니까 그에 걸맞은 게 필요하지 않겠어?"

용호는 그럴 수도 있다고 생각했다. 그리고 지금 중요한 건 그러한 사실이 아니었다.

연예인들이나 타는 밴, 그 뒤에는 정장이 마련되어 있었다. 어서 입으라는 무언의 압박이 느껴졌다.

"그래서 지금 어디 가는데?"

"상공의 날 행사장. 거기서 금탑 산업 훈장을 받을 거야."

"내, 내가 왜?"

"오늘 발표되는 FIX라는 회사의 회장이 바로 너니까. 회사의 대표자가 훈장을 받는 건 당연한 일 아냐?"

"그러니까… 우리가 왜 그런 훈장을 받는다는 거야?"

"뭐, 죽어가던 판텍도 살려냈고 세계에서 기술력을 인정받는 회사로 거듭나고 있으니 주는 거 아닐까?"

용호를 태운 밴은 신사동 가로수길에서 상공의 날 행사가 벌어지고 있는 강남 삼성동 코엑스로 움직였다.

그리 멀지 않은 거리, 용호는 정신을 차릴 새도 없이 행사장에 도착했다.

대부분의 공중파에서 취재를 나왔는지, 카메라가 장사진을 치고 있었다.

이미 몇 번을 받았던 스포트라이트다. 용호는 익숙하게 발걸음을 옮기며 행사장 안으로 들어섰다.

"하……."

언젠가 그런 날이 올 거라 생각은 했었다. 아랫사람과 윗사람으로서가 아니라, 동등한 관계에서 만날 날이 올 거라 생각했다.

눈이 마주쳤지만 용호도, 정진용도 먼저 인사를 나누지는 않았다. 그저 잠깐의 스쳐 지나감이었다.

정진용은 한눈에 용호를 알아봤지만 대부분의 사람들은 알아채지 못했다.

금탑 훈장을 받는다는 사실은 알고 있었지만 언론에 노출된 사진 말고는 본 적이 없었다.

오히려 용호를 알아본 건 다른 사람이었다.

"어? 자네가 여기 웬일인가?"

"아… 전무님."

용호가 일했던 S카드사 이사였다. 카드사 대표이사를 수행하기 위해 와 있던 차에 용호를 발견한 것이다.

"상공 회의소 프로젝트를 하나 보지? 차라리 우리 회사로 오라니까."

용호를 기억할 수밖에 없었다. S카드 프로젝트 막바지 통합 테스트에 들어와서 수많은 버그를 해결하고 홀연히 사라진 영웅이었다.

당시 부하 직원들이 꼭 영입해야 한다고 해서 면접을 본 적이 있었다. 그러고는 그다음 날 월급은 필요 없다는 말을 남기고 사라져 버렸다.

그랬던 사람이 이곳에 나타난 것이다.

말이 더 길어지려는 걸 나대방이 나서서 막았다.

"회장님, 이쪽으로."

이번에도 용호는 홀연히 사라져 버렸다.

"회, 회장님?"

용호를 알아본 건 S카드 이사만이 아니었다. 용호가 일했던 한 N사 은행의 이사가 부하 직원을 보며 물었다.

"저 새끼는 뭐야?"

"어, 저, 저 사람이 왜 여기에 있지."

"저거 가서 잡아와, 이번 기회에 아주 업계에서 매장시켜 버리게."

이사의 말에 부하 직원이 주춤거리며 다가갔다. 주변을 두리번거리던 용호도 마침 눈이 마주쳤다.

'웅, 저 사람도 왔네.'

가장 최근에 했던 N사 프로젝트, 그곳의 이사였다. 개발이 완료되어 통합 테스트를 진행하고 있던 도중, 시스템의 근간을 흔드는 기능을 추가하겠다고 하여 용호와 설전을 벌인 사람이었다.

이를테면 건축물을 완성시켜 놓았는데 디자인이 마음에 안 드니 다시 지어달라는 식이었다.

쌍욕까지 먹어가며 상대했던 사람, 업계에 발도 못 붙이게 만들겠다는 걸 가뿐히 무시하고 나왔던 기억이 떠올랐다.

"저기, 이사님이 잠깐 보자는데… 요?"

용호의 바로 뒤에는 마치 수문장처럼 나대방과 제임스가 서 있었다. 반말을 하려던 부하 직원이 '요' 자를 붙일 수밖에 없는 이유였다.

*   *   *

수상자가 발표되자 용호가 단상으로 올라갔다. 이미 상을 받은 여러 사람들이 올라와 있었다.

"감사합니다."

인사를 마친 용호가 마이크 앞에 서서 간단한 소감을 발표했다.

"앞으로 가야 할 길이 많음에도 이런 과분한 훈장을 수여

해 주셔서 감사할 따름입니다. 한 말씀만 드리겠습니다. 얼마 전에 제가 N은행에서 프로젝트를 했던 적이 있었습니다. 계약이 끝났지만 계속해서 기능 개발을 해달라는 강압은 여전했고, 새벽까지 남아 있는 개발자들의 절규가 사무실에 가득 차 있었습니다. 이게 지금 우리나라 소프트웨어 산업의 현실입니다. 여기서 금탑이니 은탑이니 정장 차려입고 축배를 들 때 오늘도 사무실 한구석에 앉아 있는 사람들에게 한 번 더 관심을 기울이는 기회가 되었으면 합니다."

용호의 폭탄 발언에 장내는 어수선해졌지만 사회자의 빠른 임기응변으로 겨우 수습되는 듯 보였다.

마이크에서 입을 떼던 용호가 방금 생각났다는 듯 다시 마이크를 잡았다.

"아, 미처 말씀 못 드렸는데 앞으로 제가 말한 '부당한' 경우가 발생하는 그런 회사에는 Fixbugs 솔루션을 공급하지 않겠습니다. 이건 정말입니다."

마치 '앞으로 Fixbugs 솔루션이 꼭 필요해질 것이다'라 말하고 있는 듯했다.

하지만 그 자리의 누구도 그런 일이 생길 것이라 상상조차 하지 못했다.

*   *   *

N은행 정보 통신 시스템의 한 사무실.

신입 사원이 로그를 보며 쩔쩔 매고 있었다.

"뭐야, 갑자기. 무슨 일인데."

"이게… 어떻게 해결해야 될지를 몰라서……."

"왜 뭔데?"

"보시면 간헐적으로 Exception이 발생해서요. 혼자 해결해 보려고 하는데 잘 안 돼서……."

"인터넷은 찾아봤어?"

짜증이 섞인 말투에 신입 사원은 괜히 물어봤다는 생각에 오히려 자신을 질책했다.

"찾아봐도 안 나오더라고요."

"k—coder에게 물어봤고?"

스택 오버 플라이에서 가장 유명했다. 특히 그가 남긴 답변에는 영문과 더불어 한국어로도 답변이 남겨져 있었기에 더욱 애용하고 있었다.

"아, 지금 남긴 지 일주일 되는 것 같은데 아직 안 올라오네요."

언제인지 모르겠지만 예전만큼 빠른 속도로 답변이 올라오지 않았다.

신입 사원의 사수는 할 수 없다는 듯 말했다.

"그럼 네가 직접 해결해 봐. 별거 아닌 것 같은데 이런 거 하나하나까지 내가 봐주면 나중에 어떻게 하려고 하냐."

아주 사소한 버그였다.

왜인지 모르겠지만 관리자 페이지에서 권한 설정을 하려고 하면 에러 메시지가 나타났다.

그렇다고 항상 에러가 뜨는 것도 아니었다.

아주 가끔, 아주 가끔이었다. 신입 사원도, 신입 사원의 사수도 별 대수롭지 않게 생각할 수밖에 없었다.

*   *   *

─삑! 카드 결제가 실패했습니다.

─삑! 카드 결제가 실패했습니다.

─삑! 카드 결제가 실패했습니다.

연달아 카드 결제가 실패하자 점원이 죄송스럽다는 듯 손님을 바라보았다.

"손님, 혹시 다른 카드 없으신가요?"

"아, 그래요? 카드가 안 돼요?"

"카드가 오래돼서 그런가… 매니저님, 잠시만요."

점원의 부름에 매니저가 다시 와 결제를 시도해 보았다. 이번에는 카드를 긁는 것이 아니라 하나하나 카드 번호를 입력해 보았다.

그러나 결과는 크게 다르지 않았다.

"이, 이게 왜 이러지."

매니저도 당황한 듯 다시 조심스럽게 입을 열었다.

"손님, 죄송한데 혹시 다른 카드로……."

매니저의 말에 손님이 다른 카드를 꺼내 건넸다. 그러나 결과는 마찬가지였다.

신세기 백화점 5층에 위치한 캐주얼 브랜드의 한 카운터에서 일어난 일이었다.

지하 1층.

식품 매장에서 한 손님이 계산을 하기 위해 신세기 백화점 상품권을 내밀었다.

―도난 신고된 상품권입니다.

―해당 상품권을 사용할 수 없습니다.

―도난 신고된 상품권입니다.

―해당 상품권을 사용할 수 없습니다.

결제를 하는 점원도 처음 보는 화면이었다. POS기 조작을

배울 때 도난 상품권 처리가 있다는 사실을 알고는 있었다.

상품권마다 고유 번호가 있기에 도난 신고가 가능했고, 도난 신고된 상품권은 별도 관리된다.

분명 들었던 내용이지만 실제로 경험하는 건 처음이었다.

"저, 손님. 이거 도난된 상품권이라고 나오는데요."

"네?"

다시 상품권을 바코드에 찍어보았지만 결과는 마찬가지였다. 이내 종업원의 태도가 조금 달라졌다.

"도난된 상품권이라 사용이 불가하시다고요."

한층 까칠해졌다. 그런 종업원의 태도에 손님도 화가 나는지 다시 한번 종업원에게 말했다.

"다시 확인해 보세요. 도난된 상품권이라니요."

이내 바코드가 상품권을 다시 찍었다.

"경비원 부르겠습니다."

지하 1층에서도 한바탕 소란이 일었다.

같은 시각, 용호는 오랜만에 출근한 회사에서 여유로운 티타임을 가지고 있었다.

물론 여유롭다는 건 용호만의 생각일 뿐이었다.

"솔루션 공급을 안 하겠다니요? 거기에 모인 기업이 어떤 회사들인지는 알고 하신 말씀이십니까?"

용호가 코엑스에서 한 발언이 문제였다. 조건을 달기는 했지만 솔루션 공급을 하지 않겠다는 말은 한 회사의 수장이 할 수 있는 말은 아니었다.

경우에 따라 계약을 하지 않을 수도 있겠지만 공공장소에서 선포할 성질의 발언이 아니다.

"굳이 알 것 있나?"

"회장님!"

뾰족한 제시의 음성이 정갈하게 꾸며져 있는 방 안을 가득 메웠다. 용호는 오랜만에 목에 맨 넥타이가 답답한지 힘을 주어 풀어 헤쳤다.

넥타이를 모두 풀어 헤친 용호가 나대방을 보며 말했다.

"선언했으니 지켜야지. IT 노동조합 사이트 같은 데 알아보고 회사 리스트 작성해 봐."

제시가 완강하게 거부했다. 나대방을 째려보며 신호를 보냈다. 혹시라도 그런 짓 하면 가만두지 않겠다는 신호다.

"안 돼. 지금 한창 회사가 성장하고 있는 시기에 그런 사소한 일로 브레이크를 걸다니."

그 둘 사이에서 데이브가 안절부절못하며 어찌할 바를 몰라 했다.

부인의 편을 들어야 할 것인가.

용호의 편을 들어야 할 것인가.

다행히 고민은 길게 하지 않아도 되었다.

"우리 회사는 엄격한 CSR을 적용할 거야. 우리 회사뿐만이 아니라 우리 회사와 거래하는 다른 기업들에게도 그건 해당되는 사항이야. 이건 협상 대상이 되지 않을 거야."

"야!"

이제는 회장이라는 소리도 나오지 않았다. 강하게 밀어붙이는 용호의 태도에 제시 역시 강하게 반발했다.

"제시, 나는 성장에 미친 괴물이 되고 싶지 않아."

"……."

"투명하고 깨끗하고, 불합리하거나 비상식적이지 않아. 발생한 수익은 직원들, 그리고 사회와도 나눌 거야. 차가운 컴퓨터로 돈을 벌지만 따뜻한 인간과 이어져 있는 회사가 되었으면 해."

계속되는 설명으로 제시도 용호의 의지를 알았는지 더 이상 반발하지는 않았다.

순간의 마찰로 무거워진 분위기를 탈피하고자 나대방이 나섰다.

"그럼 일단, 회장 복귀식부터 할까요? 그간 혼자만의 시간 보내고 왔으니 각오하셔야 할 겁니다."

나대방의 말을 제시가 거들었다.

"흥! 하긴 저 혼자 놀다 왔지. 데이브, 폭탄주 준비해."

"좋지!"

이내 회사와 조금 떨어지지 않은 곳에서 거한 술판이 벌어졌다. 사람들에게 잡힌 용호는 쉽게 집에 들어가지 못했다.

*　　　*　　　*

들어가지 못했다.

갑자기 생긴 버그 이슈는 해당 분야를 담당하고 있는 개발자들의 퇴근을 막았다.

"연락은 해봤어?"

"어, 없는 번호라고 나오는데⋯⋯."

수화기를 들고 있던 직원이 황망한 표정으로 보고했다.

"참네."

보고를 받은 상사는 설마 했던 우려가 현실로 드러나자 허탈한지 아무 말도 하지 못했다.

종종 그런 경우가 있긴 했다. 프로젝트가 끝나면 연락처를 바꾸고 잠적해 버린다.

"연락없이 저희가 해결해야겠는데요."

"그럼 뭐 해, 빨리 해결하지 않고."

혹시나 힌트를 얻을 수 있지 않을까 하고 해본 전화였다. 결국 연락은 닿지 않았고, 문제는 온전히 자신들의 몫이 되고 말았다.

　밤을 샜는지 피부가 한층 더 푸석푸석해져 있었다.

　"오늘도 집에 못 갔어?"

　옆 부서의 동기가 안쓰러운 듯 바라보았다. 시스템을 담당한 지 얼마 되지도 않았다.

　신입으로 들어온 지 겨우 한 달, 한 달만에 집에도 들어가지 못할 정도의 야근이 시작되었다.

　"신입도 밤샘 근무를 한단 말이야? 뭘 안다고……."

　동기의 말마따나 별 도움이 되지도 않았다. 하지만 부서의 모든 사람들이 집에 못 들어가고 있는데 혼자서만 들어가겠다고 할 수가 없었다.

　"그러게 말이다."

　옆에서 불쑥 나타난 같은 부서 사수의 말에 신입 사원이 화들짝 놀라며 자리에서 일어났다.

　"아, 안녕하십니까."

　"이거 오늘도 해결 못 하면 아예 시스템을 갈아엎어야 될 것 같다. 그전에 Fixbugs에 요청하면 얼마 나올지 견적 한번 뽑아봐."

　졸린 눈을 비비며 신입 사원이 일을 시작했다.

분명 어디서 많이 본 사람이었다.

'어디서 많이 본 것 같은데……'

잘 차려입은 양복에 한껏 멋을 낸 머리 때문에 헷갈리기는
했지만 분명 안면이 있는 얼굴이었다.

"아!"

얼마 전까지 외주 협력사를 통해 들어와서 일을 했던 사람
이었다.

"용호 씨잖아."

나이는 신입보다 많았지만 갑과 을이라는 관계 때문인지
서로가 서로를 조심스럽게 대했다.

뛰어난 실력 덕분에 영입 제안도 받았던 것으로 기억했다.

"이, 이 사람이 회장이라고?"

믿기지 않았지만 분명 뉴스에 나와 있기로는 앞으로 출범하
게 되는 FIX라는 회사의 회장으로 표시되어 있었다.

비상장 기업에 IPO만 하면 잭팟이 터질 테지만 회사 운영
에 대한 자신의 신념을 지키기 위해 비상장을 고집하고 있다
는 인터뷰 기사가 눈에 띄었다.

굳이 IPO를 하지 않아도 될 정도의 매출이기도 했다.

"매, 매출이 조 단위네……"

매출이 조 단위에 영업이익이 억 단위였다.

"이게 뭔 일이지… 쌍둥이인가."

분명 얼굴은 자신이 기억하는 사람이 맞았지만 여전히 불신을 거두지 못했다.

설마 그 사람일까… 하는 의심도 잠시 신입 사원은 방금 전 사수가 시킨 일을 처리하기 위해서 견적을 뽑아보기 시작했다.

용호는 복귀하자마자 하나의 지침을 내렸다. 현재 Fixbugs가 거래하고 있는 모든 기업이나 공공기관의 명단을 뽑아 오라는 것이었다.

그러고는 대부분의 기업과 기관에 빨간 줄을 그었다.

"거절해."

"…진짜?"

"어, 이번까지만 거래하고 다음부터는 계약하지 않는다고 말해."

현재 거래 대상의 80%가 부적격 판정을 받았다. 용호가 그어놓은 빨간 줄이 그만큼 많았던 것이다.

"매출이 30% 이상 떨어질 수도 있어. 정말 진심이야?"

제시는 다시 한번 물었다. 너무 과격한 조치였다. 무슨 일을 겪었는지 어떤 일을 하고 왔는지 말하지 않은 채 그저 거래를 끊으라고만 했다.

"응. 바뀌지 않으면 거래하지 않을 거야."

그러고는 뜻 모를 소리만 중얼거렸다. 답답할 노릇이지만 할 수 없었다. 경영은 제시가 하고 있었지만 실질적인 오너는 용호였다.

사수는 신입 사원의 말이 도통 믿기지가 않았다.

"견적서를 안 보내준다고?"

"네……."

"너, 뭐 잘못 보낸 거 아냐? N은행 이름으로 보낸 거 맞아?"

"맞습니다……."

대부분의 회사들이 자신들과 거래하지 못해 안달이었다. 그런데 거래를 거부하다니 사수는 이해할 수가 없었다.

"배가 불렀나……."

자신들은 소위 말하는 대기업군이다. 콩고물 좀 떨어지지 않을까 어슬렁거리는 중소기업이 허다했다.

"앞으로 계약은 하지 않을 테니까. 다시는 보내지 말라고까지 했습니다."

"아, 이건 뭐 되는 일이 없냐."

신입 사원의 말을 다른 말로 하면 오늘도 퇴근할 수 없다는 말과 같았다.

*   *   *

"아무래도 시스템을 바꿔야 할 것 같습니다."

"…아직도 해결 못 했어?"

"이게 분명 버그는 맞는데… 개발자들도 모르겠다고……."

"무슨 버근데?"

임원의 질문에 남자가 준비해 왔던 보고서를 꺼내 들었다. 100줄은 넘어갈 듯한 Exception 로그가 그 안에 정리되어 있었다.

내용을 살피던 임원이 물었다.

"그래서 결론은 NullPointException이다?"

"네. 그런데 왜 그런 현상이 생기는지가……."

"당신이 한 달에 받아가는 월급이 얼만지는 알아?"

"……."

질책이 이어졌다. 보고자는 당연하다는 듯 고개를 숙인 채 가만히 듣고만 있었다.

임원이 임시 직원이라는 말을 듣는 이유였다.

문제에 대한 해법 제시가 아닌, 질책과 감시. 누구나 할 수 있는 그런 일이었다.

질책의 시간이 끝나고 이어진 말 역시 누구나 할 수 있는 말이었다.

"해결 못 하면 옷 벗을 각오해!"

—신세기 결제 오류 사태 장기화 조짐

—각 카드사, 은행이 모여 문제 해결 집중 논의

각종 언론에서도 냄새를 맡고 소비자들의 불편을 조금씩 기사화하기 시작했다.

밤낮으로 노력했지만 해결될 기미조차 보이지 않았다. 그저 며칠 지나면 다시 버그가 발생하지 않고 정상 작동했기에 손 놓고 지켜보았다.

간헐적으로 발생하기에 더욱 해결하기가 힘들었다.

정해진 패턴에 대해서 오류가 발생한다면 오히려 해결하기가 간단했다.

정 안 되면 해당 시스템을 롤백하면 된다.

하지만 정해진 케이스가 아닌, 어쩌다가는 버그가 발생하고 또 어쩌다가는 버그가 발생하지 않는다면… 개발자를 미치게 할 노릇이었다.

"또야?"

해결책이 없었다. 그저 잠시 잠잠해졌기에 안심하고 퇴근했다.

"그게… 네. 비슷한 것 같은데 다른 것 같습니다."

"똑바로 말해봐."

"NullPoint는 맞는데 발생하는 라인이 다릅니다."

며칠 간격으로 터지는 버그가 구로에 위치한 신세기 데이터 센터에 다시 찾아왔다.

*   *   *

각종 그래프와 차트, 숫자들이 화면을 가득 채우고 있었다.

숫자로 말해라.

신세기 회장 보고 시 지켜져야 할 철칙이었다.

"이번 달 전월 대비 매출이 10% 감소했습니다. 뿐만 아니라 업체를 통해 분석한 결과에 따르면 자사에 대한 이미지에 '문제 기업', '불편', '소비자 하대'와 같은 부정적인 단어들이 개입하고 있습니다. 그저 가볍게만 볼 사태가 아니라 판단됩니다."

보고를 듣고 있던 임원은 머리가 아픈지 긴 한숨을 내쉬었다.

"이거 그대로 보고했다가는… 한바탕 난리가 나겠는데."

"문제는 그래프에서 보시듯이 하강세가 심상치 않다는 점입니다. 초기에 진화하지 않으면… 어쩌면 막을 수 없을지도 모릅니다."

"하아… 그래서 대처 방안은?"

"회사 차원에서 Fixbugs에 협조 요청을 하든가, 아니면 시스템을 완전히 갈아엎어야 합니다. 그러자면 최소 한 달 이상이 소요된다는 것이 관련 부서의 의견입니다."

"한 달?"

"아마… 한 달도 힘들 수도 있습니다. 말을 들어보니 기존 소스들에 대한 형상 관리도 제대로 되어 있지 않고, 어떤 코드를 어떤 방식으로 재적용해야 되는지도 사람들마다 다른 상태입니다."

"한마디로 문제투성이란 거군."

"……."

보고를 하던 남자도 답답한지 더 이상 말을 잇지 못했다.

추락하는 것엔 날개는 없다.

간헐적으로 발생하던 버그 발생의 주기는 한층 빨라졌다. 도난된 상품권뿐만 아니라 데이터가 어디서 어떻게 꼬였는지 카드 결제 시에도 문제가 발생했다.

"손님, 분실 카드 신고가 들어가 있어서 결제가 안 됩니다."

고객과 점원의 다툼을 알리는 신호였다.

"방금 다른 백화점에서 긁고 왔는데 무슨 소리예요?"

분명 한 시간 전에 카드를 사용했다. 그런데 신세기에서는 결제가 되질 않았다.

해당 현상은 신세기에서 운영하는 편의점, 면세점, 백화점, 마트, 프리미엄 아울렛 등에서 동시다발적으로 발생했다.

"죄송한데… 다른 카드 없으신가요?"

불편은 늘어갔고, 손님은 줄어갔다.

전월 대비 15% 감소.

하락세가 심상치 않았다.

결정은 내려졌지만 소용없었다.

"거절하라고 이미 말했잖아."

"그쪽에서 제시한 조건이… 기존 컨설팅비에 두 배를 주겠답니다… 그래서……."

"거절해."

용호는 같은 말을 반복했다. 용호가 만든 블랙리스트에 들어가 있는 기업에서 요청하는 모든 사업 기회를 걷어찼다.

제시는 용호가 너무 말을 듣지 않자 이번에는 나대방을 동원했다.

"형님."

"이제 더 이상 두 번 말 안 한다."

하지만 나대방도 소용없었다. 용호의 결정은 여전히 변함이 없었다.

주말이면 항상 손님으로 미어터지는 곳이 있다. 줄을 서서 걸어야 했고, 물건을 구매한다고 해도 계산하는 데 한세월이었다.

"응? 오늘따라 한산하네."

언젠가부터 손님이 줄어 한산했다. 더 이상 줄을 서서 걷지 않아도 되고 계산하기 위해 기다리지 않아도 되었다.

오랜만에 방문한 고속 터미널에 있는 백화점은 너무 쾌적한 환경을 자랑했다.

"이거 맛있겠다."

지하 1층에서 쇼핑을 하던 한 손님이 맛있는 먹거리를 발견하고는 계산을 하기 위해 카드를 내밀었다.

결제 실패.

"네?"

점원은 카드가 안 되니 혹시 현금 결제를 할 수 있냐고 물었다. 얼마 하지 않는 금액이었기에 주머니에서 주섬주섬 현금을 꺼내었다.

"현금 영수증이 안 돼요?"

연신 죄송하다며 고개를 숙였다.

카드도 안 된다. 현금 영수증도 안 된다.

거기에 기이한 광경 하나가 눈에 띄었다.

자신에게 받은 현금을 받아 장부로 보이는 공책에 기입하는 것이었다.

마치 달동네에 어르신들이 운영하는 슈퍼마켓에서나 볼 법한 풍경이었다.

"진짜 손님이 없네."

백화점으로 들어서던 서보미가 조그맣게 중얼거렸다. 생일
선물을 사주겠다는 용호의 손에 이끌려 오랜만에 백화점을
찾았다.

복작복작한 광경을 기대했건만 마치 오늘 하루 백화점을
대여라도 한 듯 사람이 없었다.

"여기로 가자."

용호가 서보미를 이끌고 명품 매장을 찾아 들어갔다. 서보
미의 어깨에 걸려 있는 가방을 바꿔주고 싶었다.

"오빠, 이건 좀."

서보미가 부담스러운 듯 한발 물러섰다.

"괜찮다니까 그러네."

서보미가 어깨에 메고 있는 가방은 군데군데 때가 탔는지
회색빛까지 띠고 있었다.

하얀색 천에 캐릭터 하나 그려진 게 가방을 장식하고 있는
무늬의 다였다.

"너무 비싸잖아."

매장 안으로 들어온 서보미가 가격표를 보고는 자신도 모
르게 중얼거렸다.

한두 번 와봤지만 올 때마다 적응이 되질 않았다. 그나마 옷은 캐주얼 매장에서 샀기에 이 정도 가격은 아니었다.

가방은 달랐다.

"200만 원이면 양호하네."

200만 원에서 300만 원의 가격은 오히려 낮은 축이었다. 가격이 좀 나간다 싶은 건 천만 원을 호가하는 제품도 전시되어 있었다.

그런 둘에게 점원이 다가왔다.

"저기, 손님 죄송합니다만 현재 카드 결제가 되지 않고 있습니다."

"아, 그래요? 괜찮아요. 현금 있습니다."

점원의 말에도 용호는 전혀 당황하지 않고 답했다. 오히려 살짝 웃고 있는 것이 이상해 서보미가 용호를 바라보았다.

"어서 예쁜 걸로 골라봐."

용호가 그런 서보미를 재촉했다. 매장 내에는 용호를 제외한 다른 손님은 한 팀도 보이지 않았다. 주말인 토요일 오후에 손님이 한 팀도 보이지 않았다.

*   *   *

—신세기 또 어닝 쇼크, 전 분야 매출 하락

—백화점, 마트, 아울렛 등 전 분야 적자

—신세기 차세대 프로젝트 발주 시작. 전체 시스템 완전 대
체 결정

에이버 포털 사이트 경제 부문을 차지하고 있는 기사였다.

어닝 쇼크.

기업의 이익이 큰 폭으로 하락해 해당 회사의 주식이 함께
하락한다는 뜻이었다.

—다 같이 한강 다리로 모여라.

—누구냐. 신세기 추천한 새끼.

—물 타기 하다가 지옥 왔다.

신세기 관련 주식 게시판에 하루가 다르게 올라오는 글이
었다. 어닝 쇼크는 주가의 하락을 야기했고, 이는 기존 주주
들을 쇼크에 빠뜨리는 일이었다.

—전산 시스템 교체하면 올라가지 않을까요?

—현직 신세기 전산 담당잔데 노노, 차세대 해도 망함.

—Fixbugs가 나서주기만 해도 해결될 것 같은데, 계약 어찌 됐음? 아
는 분 있음?

쇼크에 빠진 주식 구매자들이 가지고 있는 일말의 희망이 었다. Fixbugs가 문제 해결 계약을 체결해 주기만을 고대하고 기대했다.

그럴 기미는 보이지 않았고, 결국 차세대 시스템 도입을 결정했지만 현직 담당자의 말 그대로 이는 또 다른 악수였을 뿐이었다.

*　　　*　　　*

"저도 이해가 안 되지만 도통 이유를 모르겠다고 합니다."

"저희 쪽 개발자들도 마찬가지입니다… 이게 이럴 수가 있나……."

하나같이 고개를 저었다.

"……."

내부 인력으로는 해결되지 않아 케이 소사이어티에 속해 있는 회원사들에게도 지원 요청했다.

"처음 설계부터가 잘못된 것 같다고 합니다. 과격하게 표현하면 누가 짰는지 코드가 개판이라고……."

"…그래서 해결하지 못했다는 말이군요."

"네. 아무래도 차세대를 설계부터 정확하게 진행하는 게 지금으로써는 가장 좋은 방안인 듯합니다."

눈치 없는 누군가가 나섰다.

"혹시 Fixbugs에 요청은 해보셨습니까? 해결하지 못하는 버그가 없다고 하던데."

그 말에 자리에 모인 사람들의 시선이 한곳으로 향했다. 다행히 표정에는 아무런 변화가 없었다.

"하하, 뭐, 기업을 운영하다 보면 이래저래 사정이 있게 마련이겠지요."

정진용이 오히려 웃으며 답했다. 오른 주먹이 꽉 쥐어진 것이 결코 유쾌하지만은 않다는 걸 알려주고 있었다.

치이이익.

담배 끝이 빠르게 타들어가며 잿더미를 바닥으로 떨어뜨렸다. 정진용은 신경 쓰지 않은 채 더욱 깊이 담배를 한 입 빨아들였다.

"얼마나 떨어졌다고?"

"이번 달에도 10% 이상 떨어질 거라고 예측하고 있습니다. 대체 시스템을 구성하는 데는 한 달 이상 걸릴 것 같다고 하는데… 그것도 베스트 케이스고 자칫 잘못하면 아예 시스템이 멈춰 버릴지도 모른다고 합니다."

"해외에 요청한 건은 어떻게 되고 있어?"

"현재 사람들을 섭외하고 있기는 한데… 그것도 쉽지가 않습니다."

"돈은 얼마든지 들어도 좋으니까 빨리 알아봐."

답답한 마음에 담배를 더욱 깊숙이 빨아들였다. 차창 밖 전광판에 오늘의 주요 뉴스가 업로드되어 있었다.

—위기의 신세기, 언제쯤 정상화될 것인가

뉴스를 확인한 정단비도 답답한지 길게 한숨을 내쉬었다. 회사가 합병을 하며 이사급 대우를 받고 있었다.

하지만 임원이라고 해서 뜻대로 할 수 있는 건 없었다.

'저건 도와줘야 할 것 같은데.'

이미 회사 내부에서 어떤 일이 일어났는지 정도는 알고 있었다. 용호에 의해 거래 불가 회사들이 지정되었고, 그중 하나가 신세기라는 사실 역시 알고 있었다.

그래도 피는 물보다 진하다고 했던가?

'고민이 많겠어……'

정진용의 상태가 그리 좋지 않을 거라는, 추측이 아닌 확신이 있었다.

'용호라면 한 번에 해결할 수 있을 텐데……'

하지만 이제 아무런 사이도 아니었다. 회사 내에서 자신은 그저 여러 이사들 중 한 명, 용호의 옆에는 미래를 약속한 사람이 있었다.

"이사님?"

허지훈이 생각에 빠져 있는 정단비를 불렀다. 왜 저런 상태인지 충분히 알고 있었지만 일을 해야 했다.

"정 이사님."

"아, 네."

"이번 주 업무 보고 시작하겠습니다."

허지훈이 정단비에게 업무 보고를 시작하려 할 때 회의실 문이 열리며 일련의 사람들이 난입했다.

"허지훈 씨, 당신을 부정 경쟁 방지 및 영업 비밀 보호에 관한 법률 위반으로 체포합니다. 당신은 묵비권을 행사할 수 있으며, 당신이 한 발언은 법정에서 불리하게 사용될 수 있습니다. 당신은 변호인을 선임할 수 있으며······."

난입한 수사관의 입에서 미란다 원칙이 줄줄 흘러나왔다.

정단비나 허지훈은 그저 어리둥절해하며 전혀 상황 파악이 되지 않는 모양이었다.

상황 설명은 뒤이어 들어온 용호에게 들을 수 있었다.

정황을 모두 듣고서도 정단비는 여전히 믿지 못하는 눈치였다.

"…정말인가요?"

용호가 맞다며 고개를 끄덕였다.

"……."

"정 이사님은 전혀 관련이 없을 거라 믿습니다."

"저, 저는 정말……."

"무고하시겠죠. 하지만 부하 직원의 실수는 곧 상사가 짊어져야 할 짐이라 생각하는 사람이 많습니다."

정단비는 바로 알아들었다. 나가달라는 소리였다. 어차피 나가도 사는 데는 상관없다.

하지만 자존심이 용납하지 않았다.

자신이 잘린다니?

"나가달라는 말인가요?"

"저도 하나만 물어봐도 될까요? 신세기 X파일 알고 계셨습니까?"

정단비의 말투가 절로 딱딱해졌다. 이미 자존심에 큰 상처를 입었다. 지금까지 쌓여왔던 호감은 한순간에 날아갔다.

"…알고 있었으면 어떻고, 모르고 있었으면 어쩌실 겁니까?"

"알고 있었으면 자리에서 일어나서 나가주시고, 몰랐으면 앞으로도 잘 부탁드립니다."

정단비는 더 이상 앉아 있을 이유를 찾지 못했다. 가지고 나갈 물건도 없었다.

외투를 챙긴 정단비가 자리에서 일어났다.

"이걸로 지난 빚은 모두 갚은 걸로 하겠습니다."

용호의 마지막 말이 뒤에서 들려왔다. 새빨갛게 달아오른 얼굴이 현재 정단비의 심정을 대변하고 있었다.

                    *   *   *

충분히 준비했다.

증거는 충분했고, 허지훈이 구속될 사유는 흘러넘쳤다. 하지만 신세기는 아니었다.

"무혐의?"

"네, 알아본 바로는 무혐의 처분이 내려질 것 같답니다."

"하……."

용호는 순간 자신도 모르게 헛웃음이 터져 나왔다. 분명 증거자료로만 볼 때 수사에 대한 사유는 충분했다. 그런데 무혐의라니 어이가 없어 헛구역질이 나올 정도였다.

"신세기 쪽에서는 퇴직금으로 지급한 내용이라고 주장한 모양인데 그게 먹힌 것 같습니다."

"와… 그게 먹혔다고?"

나대방이 확인한 바로는 그랬다. 그런 사실을 심도 깊게 다루는 언론은 없었다.

몇몇 마이너 언론에서 다뤘지만 그때뿐이었다.

'하하하…….'

그래도 뭔가 의미 있는 결과가 나올 줄 알았다. 하지만 오산이었다.

'넘어설 수 없는 벽이라는 거냐.'

괜스레 오기가 발동했다. 공고히 쌓여 있는 벽, 그 벽은 외부의 접근을 일절 허용하지 않았다.

용호는 그걸 무너뜨리고 싶었다. 마치 상징적인 존재로 자신의 자리를 지키고 있는 거인을 무너뜨려 사람들에게 보여주고 싶었다.

봐라.

결국 무너진다.

벌을 받는다.

그래야 정직하게 살아가고 있는 절대 다수가 자신의 삶을 더욱 충실하게 살아갈 수 있을 것 같았다.

'일개 코더일 뿐이지만.'

물론 이제는 일개 코더라고 불리기에는 사이즈가 너무 커져 버렸다.

하지만 용호는 자신의 뿌리, 시작을 잊지 않았다. 자신이 올챙이라 불리던 인턴 시절 했던 다짐과 결심들을 잊지 않았다.

　　　*　　　　*　　　　*

악화 일로.
신세기를 가리키는 말이었다.

Warning: Apache Process Not Running.
Warning: Apache Process Not Running.
Warning: Apache Process Not Running.
……

　경고를 알리는 문구가 관리자 페이지를 잠식했다. 간헐적으
로 발생하던 버그는 아예 시스템 자체를 마비시켜 버리겠다는
기세였다.
　오프라인 매장에서만 오류가 발생하는 것이 아닌, 온라인
페이지에서도 조금씩 문제가 나타나고 있었다.
　금색 머리에 파란 눈을 가진 외국인들이 와도 소용이 없었다.
　그저 속수무책으로 당할 수밖에 없었다.
　동원할 수 있는 방법은 모두 동원했다. 심지어 예전 기억을
되살려 k—coder라는 아이디를 쓰는 사람에게까지 연락했다.
하지만 답장이 없었다.

버티다 버티다 막다른 골목까지 왔다. 더 이상 이대로 끌고 갈 수는 없어, 결국 최종 결정을 내렸다.

기존 시스템을 완전히 폐기해야 했다.

"재구축밖에는 없습니다."

컨설팅을 하기 위해 왔던 외국의 개발자들도 같은 의견을 내놓았다.

"기존 시스템은 더 이상 사용할 수 없습니다. 시스템 재구축을 권장합니다."

모두가 동일한 목소리를 내자 회사에서도 시스템 재구축으로 방향을 잡았다.

"가장 문제가 많이 발생하는 곳부터 차례대로 진행하겠습니다."

한 번에 전체를 바꾸는 건 리스크가 너무 컸다. 어차피 자본은 충분했다.

현금 보유량 1조, 자산이 27조다. 재계 순위 3위권의 대기업이다. 이 정도 위기는 이미 숱하게 겪은 것들 중 하나였다.

시스템은 바꾸면 그만이고 그간의 손실은 다시 메우면 될 뿐이다.

"단가를 100원 더 깎아달라고요?"

"저희도… 어려워서 그럽니다. 조금만 배려해 주세요."

"지금까지 배려한 것만 얼마인데 이러십니까. 이러면 저희 정말 죽습니다. 죽어."

"사장님, 잠깐이면 돼요. 저희도 힘들다니까요."

"MD님, 벌써 이렇게 깎은 금액만 얼마인지 아시지 않습니까."

사장으로 보이는 사람이 사정에 사정을 했지만 MD라 불린 남자는 가차 없었다.

신세기 마트의 식품 MD는 갑 중의 갑, 갑의 말을 듣지 않으면 더 이상의 납품은 불가능했다.

"잠깐이면 됩니다. 두 달 정도? 이 정도면 될 거예요."

이건 마치 결정 사항을 통보하는 자리 같았다. 협상을 위한 자리가 아닌, 일방적인 통보의 장이었다.

식품이라는 것 자체가 100원, 200원 떼기 장사였다. 더구나 마트나 백화점에 들어가는 건 들어가기 전 이미 인건비 빼고는 남는 게 없는 장사라 할 수 있었다.

그만큼 MD들의 납품 단가 후려치기는 잔혹했다.

"하아… 진짜 안 됩니다. 저희도 지금 인건비 빼면 남는 게 없어요."

"진짜 안 되면… 업체 바꿔도 됩니까?"

비슷한 레퍼토리였다. 이 멘트가 나오면 언제나 결과는 같아졌다. 단가를 깎을 수밖에 없었다.

 비단 식품 쪽에서만 벌어지는 일은 아니었다. 의류, 생활용품 등 신세기 회사 전반에서 일어났다. 지금까지 입은 손실을 전부 만회하겠다는 그 기세가 사뭇 무서웠다.

 그리고 그건 시스템을 재구축하는 사업이라고 해서 크게 다르지 않았다.

 "공고에 올라와 있던 단가가 아니잖아요."

 인터넷에 올라와 있던 공고를 보고 지원한 프리랜서는 황당함에 입을 다물지 못했다.

 "중급 550이라고 쓰여 있는 걸 보고 지원했는데, 사정이 있으니 450으로 해달라?"

 "550은 실력이 검증된 사람들한테 적용되는 금액이고요. 이력을 보아하니… 550 받을 실력까지는 좀……."

 "참네, 지금 뭐라고요?"

 열을 내며 받아치는 개발자만 있는 건 아니었다.

 "다른 프리랜서는 알겠다고 하던데… 뭐가 그렇게 불만이 많은지……."

 몇몇 프리랜서는 그저 알았다며 수긍해 버렸고 450이라는 단가에 계약을 체결했다. IT 3대 막장에서 한 군데 더 추가되어 4대 막장이 탄생하는 순간이었다.

*   *   *

한국 정보통신산업 노동조합.

대부분의 개발자들은 모를 수도 있지만 IT 산업에도 노동 조합이 존재한다. 극히 개인주의적인 개발자들의 성향으로 인해 유명무실한 조직이기도 했다.

하지만 어려움을 겪는 개발자들이 유일하게 불만과 불평을 올릴 수 있는 곳이기도 했다.

이곳에 최근 가장 많이 올라오는 글이 바로 신세기 관련 글들이었다.

최악, IT 4대 막장임, 가는 순간 헬, 절대 비추 등등 신세기에서 발주되는 프로젝트에는 절대 들어가지 말라는 글들이 가득했다.

그나마도 실명을 쓰지는 못했다.

─××기 프로젝트 경험담.
─신×× 외주 협력사 지×정보기술 절대 가지 마세요.

게시판에는 ×라는 글자가 넘쳐났다.

'여전하구나.'

용호도 어느 정도 예상하던 바였다. 해결하지 못하면 시스템을 갈아엎는 수밖에는 없다.

비록 비용과 시간이 들지만 해결되지 않는 문제를 계속 잡고 있는 것보다는 나았다.

'그렇게 쉽게는 안 되지.'

이미 예측 범위 내에 있던 일, 이럴 줄 알고 오픈 소스 커미터로 그간 열심히 활동했다.

k—coder라는 이름으로 올린 오픈 소스들은 SI 업계 대부분에서 공통으로 사용되고 있었다.

그건 신세기라고 해서 예외는 아니었다.

돈을 조금 주는데 열심히 일할 사람은 없다. 개발에서 열심히 하지 않는다는 건 곧 최소한으로 직접 코딩하는 일을 줄이겠다는 뜻이다.

직접 코딩을 하지 않아도 프로그램이 완성되게 하는 법, 그건 바로 기존 코드의 재사용이었다.

"요건 그대로 쓰면 되겠고, 이건 오픈 소스로 사용하고."

대부분 차세대 시스템이라 지칭하는 시스템의 대부분은 AS—IS 시스템이 존재한다.

TO—BE 시스템 역시 AS—IS를 참고하여 만들어지는 것이다.

'기존 코드 사용 금지'라는 공지가 내려졌음에도 개발자들은 지키지 않았다.

"뭐, 계약을 먼저 어긴 건 저쪽이니."

참고만 하겠다고 받은 코드들을 조금씩 삽입했다. 거기에 오픈 소스들을 덧대면 실제 개발자가 해야 할 코딩량이 반으로 줄어드는 것이다.

"됐다. 오늘은 여기까지."

누더기가 된 옷에 천 하나를 덧붙이는 것, 그것이 작금의 현실이었다.

*　　　　*　　　　*

만국에서 통용되는 진리가 하나 있다. 열심히 하다 보면 돈은 자연히 따라온다.

용호가 그랬다.

스마트폰이 날개 돋친 듯 팔려 나가고, 함께 오픈한 모듈 마켓이 개발자들의 지지를 얻으며 이제는 실리콘밸리나 한국만이 아닌 전 세계에서 '핫'한 기업으로 떠올랐다.

"테헤란로 주인이 되는 것도 가능할 것 같은데요?"

나대방의 이런 실없는 농담이 농담처럼 느껴지지 않을 만큼 회사는 무섭도록 성장했다.

이미 회사가 사무실을 임대하고 있던 빌딩은 구매한 상태였다. 그러고도 돈이 남았다.

전 세계 점유율 10%를 넘어서고 있는 '모듈러 원' 덕분이었다. 더 이상 혁신은 없을 것이라 생각했던 스마트폰에 혁신을 가져온 핸드폰이다.

저렴한 가격 덕분인지, 중국, 인도와 같은 아직 선진국이라 부르기에는 애매한, 한창 성장하고 있는 나라에서 더 많은 판매고를 올리고 있었다.

"이게 다 제시 덕분이지, 나야 뭐 한 게 있나. 회사에 폐나 끼칠 줄 알지."

나대방의 농담을 용호도 농담으로 맞받아쳤다.

"알긴 아시는군요."

스마트폰 판매의 성장세에 비해 Fixbugs의 성장세는 미미했다. 모두 용호의 정책 덕분이었다.

용호가 작성한 블랙리스트 회사나 공공기관에서 오는 계약 요청을 모두 거절했다. 거절은 매출 하락의 신호이자, 점유율 하락의 근원이었다. 나대방으로서는 아쉬울 따름이었다.

버그 분석 소프트웨어 분야에서 세계적으로 독보적인 존재로 인정받고 있는 중이었다.

세계 점유율 50%, 그런데 본사가 위치한 한국에서는 채 30%가 되지 않았다.

"잘 알지."

그 이유가 바로 용호 때문이었다.

대학생이 가고 싶은 기업 1위.

직원 행복도 조사 1위.

인당 생산성 조사 1위.

가족 친화적 기업 1위.

하나같이 FIX 그룹에 붙는 수식어였다.

"이것도 나 때문이지?"

모두 용호 덕분이었다. 용호는 친구들을 단톡방 한곳에 불러 모으고, 신문에 난 기사를 캡처해서 보여줬다.

가장 먼저 반응을 보인 건 나대방이었다.

대방 : 참네, 그러고 싶습니까?

용호 : 나도 잘하는 게 있다는 걸 보여줘야지.

대방 : …헐.

용호 : 하하, 이건 뭐 농담이고. 할 말이 있어서 다들 초대했다.

비록 채팅창으로 올라오는 텍스트에 불과했지만 어떤 예감 같은 것이 단톡방에 참여 중인 사람들의 머릿속으로 스쳐 지나갔다.

용호 : 나는 점을 찍고 싶어. 한 번은 끊어가야 하는데 이건 뭐 그런 게 없으니 참 답답할 따름이야. 어떤 일이 생기면 그 일이 확실하게 끝맺음이

되었다는 공감대가 형성되고 지나가야 하는데… 우리나라에는 그런 게 없는 것 같아. 그래서 계속 사람들은 진실을 요구하고, 왜 과거를 들추냐며 또다시 싸우고.

데이브나 제시는 이해하지 못했다. 용호가 하고 있는 말의 진의를 이해하는 건 이 순간 나대방밖에 없었다.

카스퍼스키나 제임스 역시 데이브와 마찬가지인 상황이었다.

용호 : 아마 너희들은 반대할 거야. 왜 굳이 그런 일을 하냐고, 꼭 네가 해야 하냐고. 프로그램 개발이나 할 줄 아는 놈이 무슨 정의감에 불타서 그런 헛짓거리를 하냐고 말할 것 같아서 말이야.

하지만 감은 있었다. 뭔가 신상에 변화가 생기는 일을 저지르려 하고 있었다.

그리고 그 일은 결코 쉽지 않은 가시밭 같은 길이며 어떤 수익을 창출하는 일이 아니라는 것도 알 수 있었다.

용호 : 하지만 내가 해야 할 일이기도 해. 개구리 올챙이 적 생각 못 한다고 했던가. 그런데 나는 개구리가 아니라 사람이니까. 생각해야지.

다음 날 용호와 나선기 의원의 이름으로 검찰에 고발장 하

나가 도착했다. 그리고 신세기 전산팀에도 알람이 하나 도착
했다.

Fatal Error.

마치 누군가 시간이라도 맞춘 듯 한 치의 오차도 없었다.

Chapter 8
끊임없이, 끈질기게

〈위키사전〉

search: 코더 이용호.

1. 생애.

학교가 선민대학교. 그리 좋은 학교는 아니었음. 머리가 좋은 것 같지는 않지만, 프로그래밍 능력만은 타의 추종.

혹사는 제프 던보다 뛰어나다는 말이 있으나 확인 불가.

현재 함께 일하고 있음.

…….

k—coder가 이용호가 아니냐는 말이 있지만 이 역시 확인

불가.

2. 주요 성과

FIX 그룹의 회장. 최초 Fixbugs로 시작해 현재의 대기업을 이루어냄.

세상에 묻힐 뻔했던 신세기 X파일을 낱낱이 세상에 알린 이.

단순 정의감에 불타는 사람은 아님.

자사의 영업 비밀을 빼간 것에 대한 보복이라는 설도 존재.

하지만 분명 세상에 묻힐 뻔한 신세기 X파일 사건을 다시 재판대에 세우고, 합당한 재판을 받게 한 것만은 사실임.

사건 기록 ← 참고.

그 뒤로 정경유착이 완전히 사라졌다고는 할 수 없지만 과거보다는 나아졌음.

…….

그 뒤로도 몇 페이지의 글들이 인터넷의 한 페이지를 장식하고 있었다.

정신없이 화면을 보고 있던 용호는 뒤에서 느껴지는 인기척에 고개를 돌렸다.

만삭의 서보미가 용호의 뒤에 서 있었다.

"오빠 뭐 해?"

"아……."

용호가 부끄러운지 두 손으로 화면을 가렸다. 24인치 크기의 모니터, 가린다고 해서 가려질 사이즈가 아니었다.

"뭐야, 자기 이름 찾아본 거야?"

용호가 부끄러운지 자리에서 벌떡 일어났다. 그러고는 서보미의 배에 귀를 가져다 대보았다.

"오구오구, 우리 아기 얼마나 컸는지 한번 소리나 들어볼까."

"왜, 뭐라고 나와 있는데. 나도 보여줘."

서보미가 용호가 보던 모니터를 보기 위해 이리저리 고개를 흔들며 애를 썼다.

"몰라. 몰라, 나중에 혼자 봐. 혼자."

어차피 가린다고 해도 나중에 찾아보면 나올 일. 하지만 함께 보는 것이 부끄러웠다. 지금 생각해도 손발이 오글거리는 멘트가 위키사전 가장 아래에 배치되어 있었다.

*　　　*　　　*

설상가상이었다.

용호가 제출한 문서에는 회사의 치부가 낱낱이 들어가 있었다. 기밀 중에서도 특급, 그 위에 있는 사항들이었다. 그런 내용들이 어떻게 용호의 손에 들어가게 되었는지… 내부에서 전해졌다고밖에는 믿을 수가 없었다.

"누군지… 못 찾았다?"

요즘 들어 가장 많이 듣고 있는 말이었다. 모르겠다. 못 찾겠다. 원인이 없다. 무엇 하나 속 시원히 해결되는 게 없었다.

"…후, 로펌에서는 뭐라고 하고 있어."

국내 최대 로펌에 일이 의뢰된 상태다. 전관예우를 받기 위해 퇴직한 판, 검사를 대거 기용했다.

소송 진행 비용만 수십억, 그 이상의 비용이 들어갔다. 시스템을 하나 구축하는 데 투자하는 비용이 채 오억도 되지 않는다. 그런데 변호사 한 명 쓰는 데 오억 그 이상이 들었다.

"걱정 마시라고 합니다. 잘 해결될 거라고……."

"비용은 얼마가 들어도 좋으니까. 최대한 조용히 마무리 지으라고 해."

"그런데… 법원에 한 번은 가야 된다고 합니다. 증인 출석 때문에……."

*　　　　*　　　　*

열이 났다.

서버에 부하가 걸렸는지 온도는 떨어질 줄 모르고 올라가기만 했다.

"냉각기 돌리고 있는 거 맞아?"

"네. 분명 정상 작동되고 있는데……."

"그런데 뭐야. 왜 온도가 안 떨어지는 거야."

원인 불명의 현상으로 서버실 온도가 떨어지질 않았다. CPU 사용량이 90%를 넘나드는 현상도 지금껏 몇 번 보지 못했던 수치였다.

"악성 코드 확인해 봐. 해킹당한 것 같은데."

"이미 확인해 봤는데 승인되지 않은 곳에서 들어오는 IP는 없습니다."

"개발자들 전부 불러서, 차례로 시스템 재가동해 보라고 해."

신세기 데이터 센터에도 비상이 걸렸다.

                    *   *   *

"꼼꼼하게도 준비했군요."

용호가 준비한 건 허지훈에 의해 취득하게 된 신세기 내부 자료만이 아니었다.

이번 기회를 통해, 자신이 겪었던 모든 일들을 꼼꼼히 기록했다.

지난 일 년간 프리랜서로 활동하며 겪었던 불법적인 계약 사항, 그리고 근로 조건 등을 함께 신고했다.

바뀌지 않는다고 포기하면 거기서 끝이다.

하지만 끊임없이 끈질기게 물고 늘어지면 언젠가는 해결된다. 프로그램의 버그도 마찬가지다.

"최대한 많이 고발하기 위해서요."

용호가 고발한 회사는 신세기만이 아니었다. 소규모로 인력 장사를 하는 SI 회사들까지 합치면 근 수십여 개 업체에 이른다.

이 일을 진행하기 위해 용호가 지불한 소송 비용 역시 수십억에 달할 뻔했다.

하지만 다행히 수십억을 지불할 필요는 없었다.

"전직 의원님께서 담당 변호사라니……."

나선기 역시 변호사 출신이다. 검사로 일을 하다 변호사 개업을 한 후, 국회로 넘어간 케이스였다.

그런 나선기가 직접 용호가 의뢰한 사건을 맡았다.

"하하, 가기 전에 의미 있는 일 하나는 해야 하지 않겠습니까."

용호와 나선기 의원의 이름이 연일 언론에 오르내렸다.

마주치는 건 필연이다.

법원 앞, 차에서 내리는 정진용 앞에 용호가 서 있었다. 어쩌면 의도된 연출이기도 했다.

수많은 기자진이 사건을 취재하기 위해 그 둘을 둘러쌌다.

"오시느라 수고하셨습니다."

"……."

"여기까지 왔네요."

말을 하던 용호가 웃으며 뒤편에 걸려 있는 법원 마크를 가리켰다.

"……."

정진용은 절대 입을 여는 법이 없었다. 미리 변호사들과 약속이라도 하고 온 듯 침묵을 고수했다.

"그럼 들어갈까요?"

마치 용호가 안내를 하듯 대기업 총수가 법원으로 걸어들어 갔다.

*   *   *

기자들이 마이크를 들이밀었지만 닿기도 전에 경호원들의 손에 밀려났다.

"회장님, 한 말씀만 해주시죠."

아무 말도 하지 않은 채 정진용을 태운 검은색 세단이 법원을 빠져나가자 뒤따라오던 변호인들이 바통을 이어받았다.

"어떤 이야기들이 오고 갔습니까?"

변호인들도 역시나 침묵했다. 사전 약속이라도 되어 있는 듯 행동했다. 정진용의 변호인단 역시 자리를 떠나고 나서야 용호가 걸어 나왔다.

"분위기는 어떻습니까? 소문에는 증거들이 불법으로 취득된 상태라 소송에서 패소할 수도 있을 것 같다는 가능성도 나오고 있는데요."

"그럴 일은 없을 겁니다."

용호의 자신감은 대단했다. 마치 결과를 이미 알고 있기라도 하듯 행동했다.

"자신하시는 이유가 무엇인지 알 수 있을까요?"

"결과는 이미 정해져 있으니까요."

TV 생방송을 통해 흘러나오는 용호의 모습을 확인한 나대방이 중얼거렸다.

"저 형님 저거 또 그러시네."

나대방에게는 익숙한 모습이었다. 어려운 문제에 부딪치면 항상 밑도 끝도 없는 자신감을 보였다.

그리고 항상 원하는 결과를 만들어왔다.

취재를 하는 기자들의 어이없어하는 표정을 보니 예전 자신을 보는 것 같았다.

"뭐, 이기겠지."

처음 단톡방에 글을 올렸을 때는 무슨 말인가 싶었다. 자세한 설명을 듣고는 처음에는 말렸다.

이제 때가 되었다고, 공개해도 될 것 같다는 말에 나대방은 동의하지 않았다.

언제나 그렇듯 용호는 결심한 대로 행동했고, 그 결과가 화면에 보이는 모습이었다.

"그놈의 정의가 뭐라고……."

위대한 사명감이 있는 건 아니었다. 뭔가 강함 책임감에 시달리는 것 같았다. 나대방은 그것이 불의를 지나치지 못하는 성미 때문이라 생각했다.

"대방이 녀석이… 역시 사람 보는 눈이 있었구먼."

처음 용호가 자료들을 들고 왔을 때 나선기도 경악을 금치 못했다. 자신의 의원직까지 상실하게 만들 만큼의 비밀이 용호가 들고 있는 USB에 저장되어 있었다.

처음에는 반대했다. 결국 같은 결과가 나올 것 같았기 때문이다.

"이대로 가면… 지게 될지도 모르는데 무슨 생각은 있는 건가?"

그때도 비슷한 질문을 했다. 그리고 지금도 마찬가지였다.

용호는 무슨 생각인지 은은한 미소를 짓고 있었다.

"순리대로 될 겁니다."

"……."

용호는 멀어져 가는 정진용의 차를 보고 있었다. 나선기는 그런 용호를 보고 있었다.

비록 그를 믿고 여기까지 왔지만 도대체 무슨 생각인지 지금도 알 수 없었다. 단지 알고 있는 건 지금 하는 일이 옳은 일이기에 더 이상 잃을 것이 없는 자신이 해야 한다는 것이었다.

이미 큰일을 치르고 있었기에 정신이 없었다. 시스템 재가동 같은 건 보고 대상이 되지 못했다.

간헐적인 버그에 시달리다 사람들을 뽑아 새롭게 시스템을 구축했다.

처음 얼마간은 정상 작동되나 했다. 그런데 오히려 더 큰 문제를 야기시키고 있는 중이었다.

개발에 참여했던 대부분의 개발자들이 이미 손을 뗐다. 온라인 커뮤니티 곳곳에 올라와 있던 정보들도 한몫했다.

IT 4대 막장.

과연 명불허전이라며, 며칠 일하지도 않고 도망가는 사람도 있었다.

그래서일까. 새롭게 사람을 뽑는 일도 쉽지 않았다. 몇 번의 시스템 재가동과 점검으로 다시 서버 온도를 떨어뜨리기는 했지만 순간의 위기만 모면했을 뿐이다.

"도저히 못해먹겠네."

외주 협력사가 아닌 정직원으로 일하는 사람들도 포기하려는 사람이 속출했다.

회사에서조차 스마트폰으로 이직할 만한 다른 회사를 알아보고 있는 게 현실이었다.

— 뭐, 어차피 정해져 있는 거 아니겠어?

— 유전무죄, 무전유죄!

— 헬 조선이 그렇지 뭐. 탈출하는 것 말고는 방법이 없어.

— 결론은 무혐의.

에이버 뉴스를 살펴보던 직원이 자조석인 웃음을 지어 보였다. 사기는 바닥으로 떨어졌다.

"아빠 회사가 저기야?"

서버실 담당자는 딸이 물어보는데 대답할 수 없었다. 과거의 치부까지 다시 부각되며 언론으로 퍼져 나갔다.

"친구들이 저기 다니면 폐 잘린다는데 아빠도 폐 잘려?"

딸의 질문에 아무런 답도 내어줄 수 없었다.

"야, 뭐 해. 정신 차려! 경고등 울리는 거 안 들려?"

잦은 야근으로 깜빡 졸다가 동료의 말에 겨우 정신을 차리고 모니터링 화면을 바라보았다.

또다시 CPU가 100을 향해 올라가고 있었다.

끊임없는 재부팅은 다시 형성되어 가던 신세기에 대한 소비자들의 신뢰도 재부팅시켜 버렸다.

조금 올라가나 싶었던 매출은 언론에서 떠들어대는 뉴스와 합쳐져 다시 바닥으로 떨어졌고, 주가 역시 52주 신저가를 갱신하며 바닥 밑에 지하가, 지하 밑에 지옥이 있다는 걸 주주들에게 보여주고 있는 중이었다.

하늘에서 지고 있는 태양도 마치 지옥에서나 볼 법한 핏빛으로 느껴졌다.

"인정하고 들어가라."

아버지의 말에 정진용은 하늘이 무너지는 것 같았다.

"이미 이야기는 다 해두었다. 1, 2년 있다가 광복절에 나오면 될 거다. 네가 들어감으로써 회사가 짊어지고 있던 부담도 다 털어내고 어쩌면 일석이조일지도 모르지."

"…그럼 회사는 누가 맡습니까?"

"나도 있고."

"단비가 다시 돌아온다고 합니까?"

정진용은 오히려 이 상황이 담담하게 느껴졌다. 사무실에 들어서는 순간 느껴지는 미묘한 분위기에 어느 정도 예상은 하고 있었다.

"그래, Fixbugs에서 이사까지 했으니 회사에서 겪고 있는 문제들도 해결해 주겠지."

"못 가겠다면요."

"이미 결정된 일이다. 날뛰어봤자 너만 더 힘들어질 뿐이다."

"……."

"시간이 참 빨라."

흰머리가 온통 머리를 뒤덮어야 할 나이지만 새치 하나 보이지 않았다.

뒤돌아서서 등을 보이고 있었지만 70이 넘은 나이가 느껴지지 않을 정도로 거대한 벽이 서 있는 것 같았다.

정진용도 결정을 내렸다.

*   *   *

용호와 정단비가 마주 보고 앉아 있었다. 얼마 전에 보였던 대립각은 온데간데없었다.

"처음에는 거짓말인 줄 알았어요."

"충분히 이해합니다."

허지훈을 고발하고, 정단비가 자리를 박차고 나간 후 용호는 아무도 모르게 정단비를 찾았다. 용호의 가장 측근이라 할 수 있는 나대방도 그 사실을 알지 못했다.

"설마 했는데… 알아보니 사실이더군요."

몰래 정단비를 찾아간 용호가 그간의 일들에 대해 설명했다. 증거자료까지 건네주며 말하자 정단비도 그저 가만히 있을 수만은 없었다.

허지훈은 자신이 처음 신세기에 입사해서부터 함께했던 사람이다. 그런 사람이 알고 보니 정진용과 모종의 거래를 하고 있다는 사실은 정단비로 하여금 많은 생각을 하게 만들었다.

"그래서 결론은 내리셨나요?"

"…용호 씨 말대로 하죠."

고민 끝에 정단비도 결론을 내렸다. 피한다고 해결될 일이 아니라 여겼다.

끊임없이 자신의 주변을 맴돌 것이다.

대한민국을 떠난다면 또 모른다. 그렇지 않는 이상, 시야에서 벗어날 방법은 이것밖에 없었다.

"잘 생각하셨습니다."

말을 마친 용호가 자리에서 일어나려 할 때 정단비가 물어왔다.

"한 가지 물어봐도 되나요?"

"…네."

"왜 이렇게까지 하는 건가요? 오… 아니, 신세기와 그렇게까지 원한을 쌓은 일은 없는 것 같은데."

정단비는 진심으로 궁금했다. 왜 이렇게까지 하는 걸까? 마치 철천지원수를 대하는 것 같았다.

상대가 망하기 전까지 멈추지 않을 기세였다.

"그냥 뭐, 받은 것에 대한 책임감이라고 해두죠."

지금까지 용호에게 어떤 일이 있었는지 정단비는 알지 못했다. 다만 정진용이 사람을 건드려도 크게 잘못 건드렸다는 사실만은 알 수 있었다.

집으로 돌아온 용호는 비싼 돈을 주고 구매한 발렌타인 리미티드 버전을 열어 한 잔 들이켰다.

어디서부터 잘못되었을까.

무엇부터 잘못되었을까.

왜 사람들은 끝없이 욕심을 채우기 위해 몸부림치는 것일까.

용호가 보기에 버그는 컴퓨터에만 존재하는 것이 아니었다.

세상에도 수많은 버그가 존재했다.

하지만 고치기가 쉽지 않았다. 정확한 답을 보여주는 버그

창에 비해 세상에서 일어나는 문제들에는 정확한 답이 없는 경우가 많았다.

"지금도 그렇지……."

정진용이 죄를 인정하고 감옥에 들어간다고 해도 달라질 건 없다. 그가 밟았던 전철을 정단비가 다시 밟을지도 모른다.

또한 전적으로 그의 죄라고 하기는 힘들었다. 그 위의 아버지, 아버지의 아버지 대에서부터 내려온 일들을 그가 짊어지는 것에 불과했다.

"그래도 한 번은 마침표를 찍는 게 맞겠지."

용호도 알고 있다. 자신이 컴퓨터에서 발생하는 모든 버그를 고치듯이 세상의 버그를 고칠 수는 없다.

그래도 눈에 보이는 건 최대한 바로잡고 싶었다.

높은 알코올 도수로 인해 감기는 눈 속에서 용호는 생각했다.

그것이 자신의 눈에 버그를 보여주게 만든 신의 뜻이 아닐까.

*   *   *

꼬리 자르기라는 비판은 없었다.

아랫사람이 아닌 현직 대표이사가 자신에게 적용된 혐의에 대해 인정했다.

물론 다른 비판은 있었다. 발표된 증거자료에 비해 형벌이

'가볍다'라는 비판이 있었다.

그러한 비판은 '부도 위기'라는 언론의 보도와 그에 따라 일자리를 잃게 될 위기에 처해 있는 수많은 마트 노동자들의 시위 속에 묻혀 버렸다.

하지만 아직 진짜 위기는 해결되지 않았다. 회사에서 돌아가는 시스템에서 발생한 수많은 버그들은 여전히 신세기를 괴롭히는 중이었다.

끊임없이 발생했고, 끈질기게 물고 늘어졌다.

"Fixbugs에서 도와준다더니 언제쯤 올 수 있답니까?"

아랫사람들이 거세게 물어왔지만 답을 해줄 수가 없었다. 해결을 해줘야 할 사람이 너무 바빴다.

인터뷰, 취재, 그리고 강연 등의 요청이 쇄도했다. 대부분의 요청은 거절했다. 가장 먼저 해야 할 일이 있었다.

이번 일이 마무리되면 진행하자고 했던 일, 용호의 눈 안으로 새하얀 드레스로 갈아입은 서보미가 들어왔다.

"…예쁘다."

반짝이는 장식이 달린 면사포가 서보미의 어깨 위로 내려앉아 있었다. 마치 성녀 같은 분위기를 풍겼다. 용호는 자신도 모르게 꿀꺽 침을 삼켰다.

그런 반응은 용호가 아닌 드레스 착용을 도와주는 직원들도 마찬가지였다.

"와, 정말 예쁘세요."

직원의 입에서도 감탄사가 튀어나왔다. 하지만 용호의 정신은 그런 감탄사를 들을 수 있는 상태가 아니었다.

자신도 모르게 자리에서 일어나 서보미에게 다가갔다.

"고마워."

눈부신 자태, 발아래까지 내려오는 하얀 드레스를 입은 그녀가 지금 이 순간 자신과 함께한다는 게 너무나 사랑스럽고, 고마웠다.

양가 부모님이 지켜보는 가운데 용호가 서보미의 손에 반지를 끼워주었다. 그리 많은 사람을 초대하지는 않았지만 하객으로 참석한 사람들의 박수 소리가 끊임없이 흘러나왔다.

용호의 입가에도, 서보미의 입가에도 미소가 가득했다.

"앞으로 더 잘 할게."

"……."

용호의 한마디가 서보미의 무언가를 건드린 건지, 갑자기 서보미의 눈시울이 붉어지기 시작했다.

더 이상 이대로 있다가는 어렵게 한 신부 화장이 다 지워질까, 용호가 사회자에게 신호를 보냈다.

그리고 사회자가 누군가에게 신호를 보내자 자리에 앉아

있던 한 사람이 자리에서 일어나 노래를 부르기 시작했다.

"*지친 하루가 가고……."*

한 소절이 채 끝나기도 전에 또 다른 사람이 자리에서 일어나 다음 소절을 불렀다.

마치 한 편의 뮤지컬을 보는 듯 차례로 사람들이 자리에서 일어나 예식장 중앙으로 걸어 나왔다.

약간의 안무가 곁들여진 퍼포먼스는 마지막 사람인 용호에게로 넘어갔다.

"*우리 두 사람 서로의 쉴 곳이 되어주리."*

담담하게 노래를 부르는 그 모습이 너무 사랑스러웠는지 서보미가 먼저 눈을 감았다.

이내 두 사람의 입술이 겹쳐지고, 두 사람의 앞날을 축복하는 박수 소리는 더욱 커져만 갔다.

신혼여행을 다녀온 용호를 기다리는 건 그간 쌓여 있는 일들이었다. 이제는 개발자로서가 아니라 회사를 운영하는 것에 많은 관심을 가져야 했다. 대부분의 일은 제시가 처리하고 있긴 했지만 용호라고 해서 완전히 손을 놓고 있을 수만은 없었다.

소유주는 용호였다.

"뭐 이렇게 확인해야 할 게 많아!"

산더미처럼 쌓여 있는 서류에 용호가 비명을 질렀다. 분명 경영에서는 어느 정도 손을 떼고 개발에만 집중한다고 이야기를 해두었다.

그런데도 확인해야 할 사항이 너무 많았다.

"형님, 지금 회사가 얼마나 커졌는지 아십니까? 규모에 비하면 이 정도는 약과입니다, 약과."

"…하아."

문이 열리며 제시가 또다시 서류를 하나 들고 들어왔다.

"그런데 이거 어쩌나… 일이 또 생겼는데."

"또 뭔데! 분명히 내가 중요한 거 아니면 네가 그냥 알아서 해도 된다고 했을 텐데."

"신세기에서 요청이 들어왔어. 바이후 때문에 너무 힘드니, 도움이 필요하다고. 이 정도면 큰 사안 아닌가?"

제시의 말에 용호도 반박할 수 없었다. 간략하게 얘기하면 합병이었다.

중국 기업들의 한국 시장 진출에 수많은 전자, 조선, IT, 유통 등 분야를 가리지 않고 어려움을 겪고 있었다.

정단비가 그런 어려움을 헤쳐 나가기 위해 한 선택이 바로 용호였다. 그라면 언제나 문제를 해결해 왔으니 이번에도 그럴 거라 믿었다.

장기간 신세기를 괴롭히던 버그가 해결되었다고 해서 이미 기울어진 회사가 다시 살아나기는 쉽지 않았다.

그 기간 동안 업계의 다른 경쟁사들이 놀고만 있지는 않았다. 더구나 오프라인 시장은 저물고 있는 '해'였다. 온라인 쇼핑 회사들의 약진 역시 신세기를 코너로 내몰았다.

정단비가 선택할 수 있는 선택지가 그리 많지 않았다. 지난번 합병이 그저 일방적인 흡수 형태였다면 지금은 달랐다.

"이 정도면 서로가 괜찮은 거 아닌가요?"

용호는 소프트웨어 개발에 대한 능력을, 신세기에서는 오프라인에 구축된 유통망을 제공하여 서로가 상생하는 방안이 나왔다.

이미 맺어져 있는 정단비와 용호의 관계가 있기에 가능한 일이기도 했다. 최종 목표는 미국의 Jungle사, 용호가 근무했던 회사이기도 했다.

그러기 위해 정단비는 용호와 협력하길 선택했다. 겉으로는 협력이었지만 실 사정은 FIX 그룹 밑으로 들어가는 것이었다.

사인이 이뤄지는 장소는 FIX 그룹 본사가 위치한 테헤란로. 이제는 한국의 실리콘밸리라 불리는 곳이었다.

수많은 기자진들 앞에서 용호와 정단비가 악수를 하며 포즈를 취했다.

전통이 있는 재벌인 신세기가 용호가 회장으로 있는 FIX 그룹과 협력한다는 소식은 한국에서만이 아닌 세계적으로도 이슈거리였다.

이유는 간단했다.

FIX 그룹이 세계적인 회사로 성장했기 때문이다.

신세기가 국내 유통업계에 머물러 있었다면 용호는 아니었다.

"이걸 전 세계적으로 성장하고 있는 온라인 쇼핑에 대한 진출이라고 봐도 되는 겁니까?"

취재진들의 관심은 그거였다. 현재 스마트폰과 OS, 그리고 버그 분석 분야에서 두각을 보이는 회사가 이제 온라인 쇼핑에까지 진출하는가였다.

"뭐, 그렇게 됐네요."

용호는 별 관심이 없다는 투로 답했다. 지금 용호의 관심사는 온라인 쇼핑 진출 같은 것이 아니었다.

"몇 년 전 세계 무대에서 선보였던 회장님의 기적 같은 추천 프로그램을 기억하는 사람들이 아직 많이 있는데요. 신세기에 이런 추천 시스템을 적용하실 생각이십니까?"

마트에서 사람들이 무엇을 사려고 하는지 90%가 넘는 확률로 맞추었던 동영상이 다시 재부각되고 있었다.

그때의 기적이 신세기에서 재현된다면, 기울어져 가던 회사가 단숨에 한국을 넘어 세계 무대에 이름을 떨치게 될지 모른다.

사람들이 주목하고 있는 이유 중 하나였다.

"차차 생각해 보려고 합니다."

"앞으로 또 계획하고 계신 신사업이 있다면 혹시 말씀해 주실 수 있을까요?"

가만히 있으면 기자들의 질문이 끝나지 않을 것 같았던 용호가 손을 들었다.

"앞으로 질문은 딱 세 개만 받겠습니다. 지금 급한 일이 있어서요."

용호는 마음이 급했다. 물론 일도 중요했지만 그보다 중요한 일이 있었다.

응애애애애애.

그 이상 질문을 받았다면 제 시간에 도착하지 못했을지도 모른다.

용호의 눈에서 땀인지 눈물인지 모를 무언가가 흘러내렸다. 아기를 들고 있는 눈빛에는 경이로움이 가득했다.

"축하드립니다, 공주님입니다."

보자기에 쌓여 있는 조그마한 생명체가 제대로 눈도 뜨지 못한 채 울음을 터뜨리고 있었다.

"보, 보미야, 수고했어."

용호의 목소리가 울먹거렸다. 기쁨, 그 이상의 경이로운 감정에 눈물을 주체하기가 힘들었다.

"오빠… 아이는……?"

"건강하대. 너 닮아서인지 무척 예뻐."

이제 갓 태어난 아이임에도 이목구비가 뚜렷한 것이 나중에 남자 여럿 울릴 듯한 외모였다.

옆에 있던 간호사도 아이의 외모에 감탄했는지 한마디 던졌다.

"나중에 연예인 시키셔도 되겠어요."

그런 간호사의 말에 용호가 울먹거리며 무슨 말이냐는 듯 대답했다.

"아니요. 애는 코더 시킬 겁니다. 코더."

"…네?"

그러거나 말거나 용호의 눈은 갓 태어난 아기에게서 떨어질 줄을 몰랐다.

에필로그

묵직한 무언가가 짓누르는 느낌에 더 이상 잠을 잘 수가 없었다. 더 누워 있다가는 가위에 눌릴 것 같아 몸을 일으켰다.

빠-빠.

역시나 예상이 맞았다.

"아구, 우리 아기 잘 잤어요?"

어차피 알아듣지 못할 거라는 사실은 잘 알고 있다. 아직 명확한 단어조차 제대로 말하지 못하는 2살. 알고는 있지만 자꾸만 말을 걸게 된다.

"얼마나 컸나 볼까."

누구를 닮았는지 살이 올라 볼이 통통했다. 들어 올린 두 손에서 제법 무게감이 느껴졌다.

"누구를 닮아서 이렇게 건강할까."

이불을 걷고 자리에서 일어나 거실로 나가보니 오늘도 마찬가지였다. 서보미가 거실에 앉아 책을 보고 있었다.

"엄마한테 가자."

아직 제대로 걷지를 못했다. 조심스레 아기를 서보미의 옆에 놓아두었다. 그제야 인기척을 느낀 듯 서보미가 고개를 돌려 나를 바라보았다.

"어, 일어났어?"

"아가야, 이리 와. 아빠가 기어코 가신다는구나."

아기를 건네받는 두 손에서부터 서늘함이 느껴졌다. 외박을 한다는 말에 말리고 말렸지만 한 번쯤은 다시 가보고 싶었다.

"다음에는 같이 가자."

지리산을 다시 한번 찾기로 했다. 능력을 얻었던 곳이기에, 혹시나 능력을 다시 잃을까 하는 두려움에 찾지 못했었다.

이번에는 가도 될 것 같았다. 더 늙기 전에 꼭 한번 가보고 싶었다.

밖에는 나대방이 대기하고 있었다. 서보미는 아직 돌도 되지 않은 아이를 돌봐야 했기에 나대방만을 데려갔다.

혹시나 또다시 어떤 사고를 당할까 하는 두려움도 있었다.
한 번 있었던 일이 두 번 벌어지지 말라는 법은 없다.

서보미를 데려가지 않는 또 다른 이유이기도 했다.

"오셨습니까?"

"혜진이가 뭐라고 하지는 않아?"

"왜 뭐라고 안 하겠습니까. 그래도 사장님이랑 가야 된다고
하니까 보내주더라고요."

내가 생각해도 참 잘했다는 생각이 들었다. 최혜진과 나대
방은 천생연분이었다.

벌써 아이만 세 명, 부부 금실 역시 변함없이 좋았다.

"그럼 출발하자."

나대방이 운전석에 앉고 내가 그 옆에 앉았다. 가을 단풍이
온 산을 뒤덮고 있었다.

"하아……."

한 시간을 올라갔을까.

깊고 진한 한숨이 폐부 깊숙한 곳에서부터 흘러나왔다. 그
에 반해 나대방은 여전히 멀쩡했다.

"그러게 운동 좀 하시라니까요. 이게 뭡니까, 이게. 이래서
야 오늘 안에 정상에 올라갈 수나 있겠어요?"

울컥하는 마음에 나대방을 바라보는 눈빛에 나도 모르게 살기가 담겼나 보다.

나대방이 움찔거리며 한 발 뒤로 물러섰다.

"오늘 안에 정상까지 갔다가 하산까지 할 테니까. 그런 걱정은 붙들어 매라. 응?"

나이는 속일 수 없다고 했던가. 누군가 내 발에 무거운 추를 달아놓은 듯한 기분이었다.

온몸에서 땀이 비 오듯 쏟아졌다. 이미 입고 있던 옷은 한번 물에 넣고 들어 올린 것처럼 축축해져 있었다.

다리에는 추가 달려 있었고, 상체는 겨울 코트를 입은 것처럼 무거웠다. 그래도 결국 여기까지 왔다.

정상에 도착한 것이다.

"후아."

굽혀진 허리를 펼 수가 없었다. 산허리에 걸려 있는 구름을 볼 여유도, 한 폭의 수채화를 그려놓은 경관을 볼 수 있는 체력도 없었다.

"괜찮으세요? 결국 오기는 왔네요."

말미에는 거의 기다시피 해서 올라왔다. 올라오자마자 내려갈 걱정밖에는 들지 않았다.

"…내가 여긴 왜 오자고 한 거지?"

실없는 말에 나대방이 웃으며 대답했다.

"더 이상 올라갈 정상이 없어서 산이라도 오르고 싶으셨나 보죠."

나대방의 말대로 정상에 올랐다. 프로그래머로 시작해서 이제 엄연히 테헤란로의 주인이자 한국 최초 OS 개발 상용화 성공의 주역으로 추앙받고 있었다.

"미친… 헛소리는."

겨우 고개를 들어 산 아래를 내려다보았다. 그제야 아름다운 풍경들이 눈에 들어왔다. 그때와는 다르게 한 점 먹구름도 보이지 않았다.

"날이 좋네."

과거의 일이 주마등처럼 스쳐 지나갔다. 신세기와의 합병을 통해 jungle사에 버금가는 온라인 쇼핑몰로 키웠던 일, 개발한 OS가 모바일 시장과 서버 시장에서 30% 이상의 점유율을 자랑하며 성장한 일, 그리고 농담처럼 했던 테헤란로에 있는 빌딩들을 모조리 구매했던 일들이 주마등처럼 스쳐 지나갔다.

"그러게 말입니다. 형님 얼굴에는 먹구름이 잔뜩 끼어 있는데 날은 무척 좋네요."

옆에서 깐죽거리는 나대방에게 저도 모르게 중얼거렸다.

'내려가는 길에 확, 번개나 맞아라.'

하지만 그런 일은 일어나지 않았다.

*　　　*　　　*

2000년대 초반 한국에 휘몰아쳤던 벤처 열풍이 다시 불고 있다고 해도 과언이 아니다. 하지만 '벤처'라는 이름이 '스타트업'이라는 이름으로 바뀌었을 뿐이다.

개발자들의 처우는 그리 나아지지 않았고, 개선되지 않은 처우는 능력 있는 사람들을 해외로 나가게 만들었다.

미국의 실리콘밸리를, 꿈꾸는 판교는 그저 세금 혜택과 운영 비용을 줄이기 위한 기업들의 이주처일 뿐 그 안에서 돌아가는 소프트웨어는 과거와 똑같았다.

새로운 기술에 대한 투자와 미래에 대한 희망이 있는 곳이 아닌, 그저 비용 절감을 바라는 기업들이 이동했을 뿐이다.

한 가지 희망적인 것이 있다면 '젊음'이다.

과거의 생각에 빠져 있는 기성세대가 아닌 20대, 30대의 젊은 층의 창업 열풍이 '과거와는 다르다'라는 희망을 품게 했다.

그리고 그 젊은이들이 하나같이 손에 꼽는 한 사람이 바로 '나'다.

선민대학교.

졸업한 후 한 번도 찾지 않았다. 정문에 세워져 있는 동상
은 그대로였다. 몇몇 새로운 건물들이 눈에 띄었지만 전체적
으로 크게 달라진 건 없었다.

차를 타고 두리번거리며 들어서니 학교에서 부착해 놓은
플래카드가 눈에 띄었다.

〈선민대학교를 빛낸 선배 코더 이용호〉

괜스레 부끄러웠지만 한편으로는 뿌듯하기도 했다. 누군가
의 존경을 받는다는 건 참으로 묘한 일이다.

학교를 빛낸 인물로 한번 와달라는 연락이 처음 왔을 때는
완곡하게 거절했다.

누군가의 존경을 받는다는 사실이 부담스러웠다. 그저 운
이 좋아 버그 창이 생겨 성공했을 뿐이다.

남 앞에 나서서 이래라저래라 할 깜냥이 없었다.

하지만 학교에서는 집요했다. 거절도 한 번이지 자꾸 거절
할 수가 없었다. 내가 뭐라도 된다고 자꾸 거절할까, 라는 생
각이 들 때쯤 제안을 수락했다.

강당 안으로 들어서니 수많은 학생들이 초롱초롱한 눈망울

로 자리에 앉아 있었다. 그 눈빛을 확인하니 다시금 부담감이 밀려왔다.

한편으로는 괜히 왔다 싶은 후회가 밀려왔다.

'뭐야, 이거 너무… 많은데.'

이보다 많은 사람들 앞에서 신제품 발표를 한 적도 있었다. 그건 제품 발표회, 지금처럼 나에게 관심이 있어서 온 사람들이 아니었다.

지금 이 자리에 앉아 있는 사람들은 온전히 나를 보기 위해 온 사람들, 그것도 내가 나온 대학의 후배들이었다.

'후… 아.'

다시금 심호흡을 한 번 하고 강당에 올라섰다. 이야기의 주제는 '버그, 일부러 만들어라'. 일종의 자서전 같은 이야기였다.

길게 이야기할 만큼의 파란만장한 삶이라고 생각한 적은 없었다. 그저 '운'이 좋아 이 자리에 있을 뿐, 그저 객석에 앉아 있는 여러분과 같은 '사람'일 뿐이라는 점을 가장 강조해서 말했다.

그래서일까. 그리 오랜 시간이 걸리지도 않았다. 학교에서는 두 시간 정도를 부탁했지만 한 시간으로 줄였고, 그것도 너무 길어 30분으로 끝냈다.

나머지 30분은 소통하는 시간, 질의응답을 하는 시간을 가지기 위함이었다.

몇몇 질문들은 너무 날카로워 제대로 답변을 못 할 정도였다. 질의응답도 모두 끝나갈 시간, 어떤 학생이 또다시 날카로운 질문을 던져왔다.

"선배님도 아시겠지만 실질적으로 저희 학교는… 어떻게 하면 좋은 회사에 취업하고, 선배님처럼 될 수 있을지 궁금합니다."

뒷말은 삼켰지만 강당에 앉아 있는 학생들은 누구나 짐작할 수 있었다. 현실을 정확하게 인지하고 있는 듯한 그 질문에 다른 학생들의 안색도 진중해졌다.

"학생의 말대로입니다. 실제 기업에서 선민대학교는 그저 서울에 있는 소위 삼류 대학이라고 알고 있습니다. 제가 처음 들어갔던 회사에서도 마찬가지였습니다."

목이 탔다. 손을 뻗어 앞에 놓여 있는 물을 한 모금 마셨다.

"신입으로 어떤 회사에 들어가는 일도, 그 후 개발자로서 경력을 쌓기도 결코 쉬운 일이 아닐 겁니다."

너무 엄숙한 분위기 탓일까. 농담 한마디를 던지고 싶었다.

"물론 저처럼 되는 것도 어렵습니다."

다행이었다. 농담이 먹혀, 객석에서 웃음소리가 흘러나왔다. 그제야 한결 여유가 찾아왔다.

역시 진지하고, 엄숙한 건 나와 잘 어울리지 않는다.

"그렇다고 창업을 하기도 힘듭니다. 그러고 보니 온통 힘든 일투성이네요."

이제는 눈에 띄게 학생들의 얼굴이 밝아졌다. 그 모습이 보기 좋아 나도 함께 웃음 지었다.

"힘든 일투성이입니다. 어렵고, 지치고, 아무리 머리를 싸매도 답은 보이지 않습니다."

아마 버그 창이 없었다면 내가 했을 고민들이다.

"그렇다고 포기할 수도 없습니다. 시간은 흐르고 삶은 살아가야 하니까요. 다행히 컴퓨터는 답이라도 있지, 삶에는 정답이 없습니다. 컴퓨터공학부 학생들은 다행인 줄 아세요."

나는 계속해서 실없는 농담을 던졌다. 어차피 힘든 삶, 너무 비관적인 생각에만 빠져봤자 아무런 도움이 되지 않는다는 사실을 너무 잘 알기 때문이다.

그럴 때는 그저 웃는 게 가장 좋은 약이다.

"방금 전 제가 했던 말에 답이 있습니다. 컴퓨터에는 답이 있지만 우리 삶에는 정답이 없습니다."

다시금 앞에 놓여 있던 물컵에 손을 뻗었다.

"프로그래머로서 일하며 가장 좋았던 점입니다. 컴퓨터에는 항상 정해진 답이 있습니다. input값을 넣고 설계 문서에 적혀 있는 대로 output값을 뽑아내면 됩니다. 저는 그 중간 과정만을 구현하면 되었습니다. 그렇게 하나씩 구현하다 보니 어느새 여기까지 왔네요."

괜스레 가슴이 두근거렸다. 이 많은 친구들 앞에서 삶이 무 엇이니, 프로그래머가 무엇이니 떠들 자격이 나에게 있는가, 라는 의문이 생겼다.

의문은 의심이 되고 의심은 부끄러움으로 변해갔다. 그래도 준비해 온 말은 끝을 맺어야 했다.

"그럼 삶을 컴퓨터라고 한번 생각해 보겠습니다. 여러분은 지금 삼류 대학이라는 input값을 넣었습니다. 그런데 삼류 인 생이라는 output값을 정해놓으신 분은 없을 겁니다. 프로그 램 설계 문서에 쓰여 있는 output값을 여러분이 정할 수 있 습니다. 삶에는 정답이 없기 때문이지요. 그 output값에는 무 엇이든 들어갈 수 있습니다. 중간 과정은 각자가 구현해 보시 기 바랍니다. 하나씩 구현하시다 보면 어느새 각자가 생각했 던 output값에 도달해 있을 겁니다. 물론 중간에 버그가 생 겨 예상치도 못한 output값이 나올 수도 있습니다. 그러면 Fixbugs 솔루션을 구매해 주세요. 어떤 버그든 고쳐줄 테니 까요."

분위기에 취해 나도 모르게 말하고 말았다. 서보미가 '아재 개그'라며 극구 말렸지만 멋대로 떠들어대는 입을 막을 수가 없었다.

하고 싶은 말은 다했다. 더 이상 질문을 받지 않았다. 단상
에서 내려와 문 밖으로 걸어 나갈 때 자리에 앉아 있던 학생
들이 한 명씩 일어나 박수를 치기 시작했다.

"선배님, 정말 어떤 버그나 고쳐주시는 겁니까?"

학생 중 몇몇이 지른 소리가 들려왔다. 나는 당연하다는 듯
손을 흔들어 보였다.

"물론입니다. 연락처는 지금 바로 공지될 겁니다. 대신 치료
제는 술로 대신 하겠습니다."

잠시 멈추었던 발걸음을 다시 옮겼다. 박수 소리가 더 커지
기 시작했다.

"반가웠습니다, 여러분."

마지막으로 인사를 하고, 돌아섰다. 날이 무척 좋았다. 나
도 오랜만에 친구들을 불러내 술 한잔하고 싶은 날씨였다.

『코더 이용호』 완결

외전

디코더의 탄생

가끔 하는 등산이 삶의 활력소였다. 아이 셋의 아버지가 할 수 있는 일은 그리 많지 않았다.

아이 보기.

집안일.

그리고 회사 일.

이 세 가지만 하기에도 시간이 부족했다. 자기만의 시간을 가진다는 건 사치였다.

그나마 최혜진이 허락해 주는 유일한 취미 활동이 등산이 었다. 오늘도 등산을 간다는 말로 집을 나섰다.

"오늘은 어디 가는데?"

"설악산에 한번 다녀오려고."

"내일 오는 거지?"

"당연하지."

최혜진이 더 이상 아무 말도 하지 않자 나대방이 안도의 한숨을 내쉬었다. 가끔은 혼자만의 시간이 필요하다. 그건 나대방도 최혜진도 마찬가지였다.

한가득 짐을 싼 나대방이 집을 나섰다.

지리산을 다녀온 이후로 등산의 참맛을 알게 된 나대방이었다. 그리고 최혜진이 등산을 허락해 주는게 또 하나의 이유이기도 했다.

"형님, 오셨습니까."

"응, 오늘은 짐이 많네?"

용호와 함께였다.

"설악산 주변에 캠핑할 데가 많다던데, 이번에는 캠핑도 한번 해보죠. 나중에 애들이랑 가기 전에 연습도 해볼 겸."

"그러지 뭐."

지리산을 시작으로 한 달에 한두 번씩 전국 방방곡곡의 산을 돌아다녔다. 설악산도 그중 하나였다.

오랜만에 쐬는 바깥 공기는 너무나 상쾌했다. 어느새 봄의 말미, 초록이 온 산을 뒤덮고 있었다.

"아버지는 괜찮으시냐?"

"뭐, 별일이야 있겠습니까."

용호의 도움 덕분인지, 본인의 타고난 능력인지 결국 나선기는 대권에서 승리를 쟁취했다.

부인은 없었고, 자식들은 모두 출가했기에 청와대에는 오직 나선기 혼자만이 살고 있었다.

하지만 그런 적적한 감상에 젖을 틈도 없었다.

"탄핵안이 상정될 수도 있다고 하던데……."

용호가 걱정스럽다는 듯 물었다. 대통령 탄핵이라는 초유의 사태가 국회에서 논의되고 있었다.

나선기가 추진 중인 정책 덕분이었다.

"그러게 말입니다. 국회의원 관용차는 없애지 말라고 하는데도 말을 안 들으시더니."

국회의원들의 특권을 폐기해 스웨덴 수준까지 맞추는 것이 나선기 대통령 당선자가 걸었던 대선 공약 중 하나였다.

*   *   *

오늘따라 먹구름이 가득했다.

산허리에 걸쳐진 구름의 색이 하얀색이 아니었다. 잔뜩 물을 머금은 듯 옅은 회색빛을 띠었다.

정상에서 내려오던 용호는 분위기가 심상치 않음을 직감했다.

'그때도 이랬었는데…….'

옛날의 기억이 떠올랐다. 분명 지리산에 갔을 때는 아무런 문제가 없었다.

그런데 이곳에 오니 그때와 비슷한 분위기가 일어날 듯한 조짐이 보이고 있었다.

"야, 빨리 내려가자."

용호가 재촉했다. 하지만 나대방은 듣지 않았다.

"아니, 형님. 여기까지 왔으면 간단하게 막걸리도 한잔하고 경치 구경 좀 하다가 내려가야죠. 올라오자마자 내려갑니까."

나대방은 단호하게 반대 의사를 밝혔다. 그러고는 한 보따리 싸온 가방에서 주섬주섬 음식들을 꺼내기 시작했다.

덩치에 걸맞게 싸온 음식과 물건들도 한가득이었다. 막걸리에, 안주로 먹을 만한 멸치, 아몬드, 그리고 술을 따라 마실 잔까지 없는 게 없는 만물상이었다.

"이리 와 앉으세요."

나대방이 용호에게 손짓했다. 돗자리위에는 이미 술판이 벌여져 있었다.

"야, 어서 일어나라니까."

"거참."

나대방은 용호의 말을 듣지 않았다. 이내 잔에는 막걸리가 따라졌다.

'설마 별일이야 있겠어.'

이미 몇 년 전의 일, '설마 지금에 와서 별일이야 있겠어?' 하는 생각에 용호도 돗자리에 마주 앉았다.

양은으로 만들어진 잔에 막걸리가 한가득 부어져 있었다.

"이건 또 어디서 구했냐."

용호가 양은으로 만들어진 잔을 들어 보이며 물었다.

"어때요? 분위기 좋지 않습니까?"

신선놀음이 따로 없다. 신록이 무성한 설악산 한복판에서 막걸리라니… 분위기에 취한 용호와 나대방이 첫 잔을 서로 부딪쳤다.

쩌쩡.

잔이 부딪치는 소리치고는 너무 컸다. 용호가 놀라 고개를 돌려 보았다.

파지직.

그리고 다시 앞으로 고개를 돌렸을 때, 나대방이 뒤로 넘어가고 있었다.

　　　　*　　　　*　　　　*

　　1박 2일의 여정.

　　괜한 걱정을 끼치고 싶지 않았기에 용호는 굳이 나대방이 병원에 와 있다는 것을 식구들에게 알리지 않았다.

　　벌써 병원에 온 지도 다섯 시간이 지나가고 있었다. 그때까지도 나대방은 정신을 차릴 기미가 보이지 않았다.

　　'설마가 사람 잡는다더니.'

　　용호는 괜스레 자책했다. 괜히 자신 때문에 이런 일이 일어난 것 같아 미안함이 앞섰다.

　　왜 자신의 주변에 번개가 쫓아다니는 건지 도무지 이해가 되질 않았다.

　　'내가 무슨 번개맨도 아니고.'

　　어이없는 생각에 빠져 있다가 용호는 잠에 빠져들었다. 그 옆에 누워 있는 나대방도 두 눈을 감은 채 의식불명 상태에 빠져 있었다.

　　번개에 맞았지만 화상 흔적은 전혀 없었고, 숨소리까지 고른 게 마치 잠에 빠져 있는 것처럼 보였다.

　　"아… 아, 아."

　　악몽에 시달리던 용호가 상체를 벌떡 일으키며 잠에서 깨

어났다. 자리에서 일어난 용호가 헛구역질을 해댔다. 먹은 게
없어서 게워내지는 않았지만 역한 느낌은 쉽게 가시질 않았
다.

좀처럼 고개를 들지 못하는 용호의 귓가로 걸쭉한 음성이
들려왔다.

"형님, 배고픈데 이제 퇴원하면 안 됩니까? 나가서 국밥이라
도 한 그릇 먹고 싶은데."

"뭐, 뭐야. 너 언제 일어났어?"

나대방이 태연하게 답했다.

"아까 일어나서 검사까지 다 받았습니다."

그런 나대방의 반응에 용호가 어이가 없다는 듯 나대방을
바라보았다.

"네? 헛것이 보인다고요?"

"눈앞에 이상한 글자들이 보인다고 하는데… 갑작스러운 충
격에 의한 일시적인 현상일 수 있으니 당분간 안정을 취하는
게 좋을 것 같습니다. 보호자분께서 옆에서 지켜보시며 경과
를 지켜보고 상태가 악화되면 다시 병원을 찾는 게 좋을 것
같아요."

과거의 일이 오버랩되었다. 의사가 하는 말은 예전 용호가
들었던 말과 일맥상통하는 이야기였다.

용호가 옆에 앉아 있는 나대방을 바라보았다.

"진짜야?"

"......."

자신을 미친놈이라 생각할까 하는 걱정이 가득해 보였다.
그 모습에서 용호는 나대방의 말이 진실임을 알았다.

'설… 마……..'

이미 설마 했던 일이 일어났다. 그게 두 번 일어나지 말라
는 법이 없었다.

기본적인 체력 상황이 좋아서일까. 퇴원은 바로 진행되었
다. 퇴원을 해 근처 밥집을 찾으러가면서도 나대방은 신기한
지 이리저리 손짓을 해보였다.

그러고는 잠시 핸드폰을 만지작거리다 또다시 놀란 눈으로
핸드폰을 바라보았다.

"왜, 뭔데."

"말해도 안 믿으실 겁니다."

"믿어, 믿으니까. 말해봐. 네가 무슨 말을 하든지 나는 믿는
다."

"이건 상황이 좀 다릅니다."

나대방은 여전히 불신했다. 용호가 믿지 않을 것이고 자신
은 미친놈 취급을 당할 거라 생각했다.

"괜찮아. 네 눈앞에 뭐가 보이든 나는 믿는다. 그러니까 시간 끌지 말고 말해봐."

자신과 같은 능력인가. 아니면 정말 헛것이 보이는 건가. 그 순간 용호의 머릿속으로 오만가지 생각이 스쳐 지나갔다.

헛것이 보이는 거면 정신과로 보내야 하고, 만약 자신과 같은 능력이라면… 자신도 같은 능력을 가지고 있다고 말해야 하는 건가.

용호가 생각에 빠져 있는 사이, 어느새 밥집에 도착했다. 나대방이 애써 분위기를 전환시켰다.

"일단 밥 먹고, 밥 먹고 이야기합시다."

겨우 하루를 굶었을 뿐이다. 나대방은 마치 식신이 강림한 듯 밥을 먹어댔다.

벌써 세 그릇째. 용호가 질린다는 듯 나대방을 보았다.

"저는 덩치가 있지 않습니까."

그럴듯한 변명이긴 했다.

190㎝은 되어 보이는 거구의 나대방. 그만큼 손가락의 굵기도 남달랐다.

그랬기에 항상 의문이었다. 저 굵은 손가락으로 어떻게 키보드를 두드리는 것일까.

하지만 지금은 그런 게 중요하지 않았다.

"다 먹었으면 말해봐."

용호의 말에 나대방이 밥을 먹고 있던 숟가락을 내려놓았다.

"진짜 믿으실 거죠?"

"그래."

"진짜, 진짜 믿으실 거죠?"

"아, 그렇다니까. 몇 번을 말하냐!"

용호가 짜증을 내자 그제야 나대방도 안심했다는 듯 말을 시작했다.

"보입니다."

"그러니까 뭐가."

"데이터들이 보여요."

"…뭐?"

이건 좀 이상하다 싶었다. 자신이 보이는 건 버그다. 그런데 데이터가 보인다?

용호는 좀 더 자세히 들어야 할 필요성을 느꼈다.

"무슨 데이터가 보인다는 거냐? 막 프로그램의 버그들이 보이고 그런 거야?"

용호가 자신도 모르게 본심을 말했다.

"버그요? 무슨 버그요?"

나대방의 질문에 순간 용호가 당황했다.

"아, 말이 그렇다는 거지, 말이. 그러니까 앞뒤 자르지 말고 상세하게 설명을 해봐."

"그러니까 뭐가 보이냐면 말이죠……."

실로 놀라운 이야기였다.

데이터가 보인다.

핸드폰으로 전송되는 문자도, 음성 데이터도, 그리고 인터넷으로 쏟아지는 패킷에 감춰져 있는 010101111의 이진 데이터가 사람이 인식할 수 있는 언어로 번역되어 보인다는 뜻이었다.

나대방이 밥 먹을 때까지 말하지 않은 건 자신도 믿기지 않았기 때문이었다. 그런데 몇 가지 테스트를 해보니 자신이 생각하고 있던 게 사실로 드러났다. 그제야 용호에게 말한 것이다.

"형님, 지금 형수님께 문자 한번 보내보세요."

"아, 그, 그래."

나대방이 시키는 대로 용호가 서보미에게 문자를 보내보았다.

[이제 서울 올라갈 거야.]

"이제 서울 올라갈 거야."

문자 전송 버튼을 보내자마자 나대방이 그대로 용호가 보낸 문자를 읊었다.

그 순간 용호의 온몸에 소름이 돋아났다.

소오름.

"……."

"믿기십니까?"

용호도 잘 믿기지가 않았다. 핸드폰으로 전송되는 데이터가 보이다니. 그러나 방금 눈앞에서 증명된 일이다. 믿지 않을 수가 없었다.

더구나 자신도 버그를 볼 수 있는 능력을 가지고 있지 않은가.

"…그, 그래. 그 능력이 어제부터 생겼다는 말이지?"

"정확히는 오늘 아침입니다. 병실에서 일어나니 눈앞에 이상한 글자들이 날아다니는 겁니다. 처음에는 제가 미친놈인 줄 알았습니다. 뇌에 이상이 생겼나 하는 걱정에 한숨을 쉬고 있었는데 제 핸드폰으로 글자들이 막 날아오는 겁니다."

나대방이 자신이 보이는 글자들의 포맷을 종이에 적기 시작했다.

sender: 최혜진, receiver: 나대방, message: 오늘 언제 들어와?

"이런 식으로 보이는 겁니다. 마치 전송 프로토콜처럼요. 그

런데 더 신기한 건 이 문자가 제 핸드폰으로 들어오자마자 알
람이 울린 겁니다. '톡 왔습니다!' 하고 말이죠."

"그, 그래서?"

"그래서 바로 전화를 했죠. 방금 자고 일어났다. 이제 곧 서
울로 출발할 거다, 라고… 그런데."

"그런데?"

"제가 하고 있는 말이 눈앞에서 붕붕 뜨더니 또 한곳으로
날아가는 겁니다."

"……"

용호는 경악을 금치 못했다. 나대방의 이야기를 한마디로
요약하면 데이터가 보인다는 것이었다. 그것도 핸드폰에서 전
송되는 음성, 문자 데이터가 말이다.

그러나 놀랄 일은 아직 끝나지 않았다.

"그뿐만이 아닙니다. 인터넷으로 전송되는 데이터도 다 보
이는지 지금 눈앞이 글자로 채워져서 정신이 없습니다."

"……"

인터넷의 시대다.

그런데 그 인터넷으로 전송되는 데이터들이 보이는 능력이
생겼다.

용호의 벌어진 입이 한동안 다물어지지 않았다.

　　　　*　　　　　*　　　　　*

나대방이 오히려 용호를 의심했다.

"진짜 믿으시는 거 맞습니까?"

"믿는다니까."

자신도 아직 믿기지가 않는 상황이다. 눈앞에 보이는 것이 핸드폰에서 송, 수신되는 데이터라는 게 말이 되지 않을지도 모른다는 의심이 가득했다.

혹시나 내 정신에 이상이 생겨 헛것이 보이는 거라는 의심을 수도 없이 하고 있는 중이다.

그런데 용호는 한 점의 의심도 없이 자신이 하는 말을 곧이곧대로 믿었다.

"진짜요?"

오히려 반대가 된 상황.

나대방이 용호를 의심하고 용호가 나대방을 믿고 있었다.

"그래. 네 말 믿는다. 이제 네 앞에서는 문자 하나도 마음 놓고 보내지 못하게 됐네."

너무 간단하게 납득해 버렸다. 나대방은 이 상황을 믿지 못하는 자신이 잘못된 건 아닐까 의심했다.

하지만 몇 번을 다시 생각해 봐도 결론은 하나였다. 자신이 아니라 용호가 이상한 거였다.

아무리 그렇더라도 이렇게 쉽게 받아들인다니.

"…절 미쳤다고 생각하시는 겁니까?"

나대방이 내린 결론이었다. 자신을 미쳤다고 생각해, 지금은 무조건 믿는다는 말로 일단 현재 상황을 모면하려는 행동이라 여겼다.

"아니라는데도 자꾸 그러네. 믿어! 믿는다니까?"

용호는 끝내 자신이 가지고 있는 비밀은 말하지 못했다.

서울로 올라오는 내내 나대방은 정말 자신이 믿는지에 대한 일로 용호를 괴롭혔다. 용호는 순간 욱하는 마음에 자신이 숨기고 있는 비밀을 말할 뻔했지만 끝끝내 참아냈다.

고통의 시간이 지나고, 나대방은 정말 자신에게 생긴 능력에 대한 확인 작업에 들어가 보았다.

좀 더 자세하고 상세하게 자신에게 갑자기 생긴 능력을 테스트해 보았다.

자신이 알고 있는 지인들에게 문자를 보내는 건 물론 다른 방식으로도 테스트를 진행했다.

나대방이 갑자기 앞자리에 앉아 있던 여자에게 산적 같은 얼굴을 불쑥 내밀었다.

"혹시 방금 전에 남자 친구에게 나와서 기다리라고 문자 보내시진 않았습니까?"

"네, 네?"

"그 좀 전에는 남자 친구분이 오늘 밤 기대하라고 문자가 왔고요. 그래서 답장 보내신 거 아닌가요?"

둘 모두 버스를 타고 이동 중이었다. 버스 안에서 용호는 부끄러워 고개를 들지 못했다.

하지만 나대방의 정신에 부끄러움은 들어올 자리가 없었다. 현재 자신이 가진 능력을 확인하는 게 우선이었다.

그리고 결과는 대성공이었다.

나대방은 갈피를 잡지 못하고 있었다. 식구들에게 말을 해야 하는지, 아니면 또 다른 누군가에게 이런 이야기를 하는 게 좋을지, 아니면 입을 꾹 다물고 있는 게 좋을지 결정을 하지 못했다.

"아무래도 말하지 않는 게 좋겠죠?"

"그래. 절대 누구에게도 말하지 마."

용호는 강력하게 자신의 의견을 피력했다. 이런 능력이 있다는 걸 주변 사람들이 알아서 좋을 게 하나도 없다는 것이 용호의 의견이었다.

"아무래도… 그렇겠죠?"

"그래."

용호는 신신당부했다. 몇 번이고 나대방에게 아무에게도 말하지 말라는 말을 건네고는 헤어졌다.

최악의 상황을 가정했을 때 어딘지 모를 곳으로 끌려갈 가능성도 배제할 수 없었다.

비록 아버지가 대통령이지만… 사람의 앞날은 누구도 모르는 것이다.

*   *   *

용호와 헤어지고 집으로 돌아가는 내내 나대방은 사방을 두리번거렸다.

데이터의 향연.

온갖 글들이 이곳저곳으로 날아다녔다.

대한민국은 스마트폰 보급률 83%로 세계에서 4위를 자랑한다. 그만큼 수많은 정보들이 공중에 떠다니고 있었다.

'지, 진짜인가.'

서울로 올라오며 수없이 테스트를 거쳤지만 여전히 믿기지가 않았다. 생판 모르는 사람에게까지 테스트를 해보았다.

뺨이 얼얼할 정도로 맞았어도 결과는 달라지지 않았다.

'도저히 믿을 수가 없네.'

나대방은 여전히 믿기지가 않아 공중에 떠다니는 글자들을 손으로 잡아보았다.

마치 신기루처럼 손을 통과해 자신들이 가야 할 길을 가는 데이터들.

'응?'

그중 한 문장이 눈을 찔러왔다.

―야, 시× 죽은 거 아냐? 그러게 적당히 하라니까.

―네가 제일 많이 때렸잖아.

―뭐, 이 새끼야.

―몰라, 씨×, 술이나 먹자.

용호와 단둘이 가는 등산이라 편하게 다녀왔다. 차를 끌고 가지도 않았다.

평소 운동을 게을리하지 않은 만큼, 별도의 수행요원도 필요 없었다. 무도 도합 10단을 자랑하는 나대방이다. 고민의 순간은 짧았고, 행동은 빨랐다. 나대방은 혹여나 글자들이 시야에서 사라질까 잰걸음으로 쫓아갔다.

'보고도 못 본 척하는 건… 좀 아니니까.'

특출한 정의감을 가지고 있는 건 아니었다. 더구나 자신은 현직 대통령의 아들이다.

'최소한의 양심은 가져야지.'

나대방의 발걸음이 한층 빨라졌다.

하얀색 피부 때문인지 시커먼 문신들이 한층 돋보였다.

"일진 더럽네."

"오늘따라 왜 이렇게 나대는 놈들이 많냐."

입에 꼬나문 담배에서 하얀색 연기가 피어올랐다. 그 밑에
교복은 입은 한 남학생이 피를 흘리며 쓰러져 있었다.

"일어나 봐. 이 ××야."

걸쭉한 욕지거리가 대화의 절반을 차지했다. 듣고 있기만
해도 기분이 나빠지는 내용들. 하지만 바닥에 누워 있는 소년
에게는 들리지 않는 듯했다.

"야, 가자."

누구하나 누워 있는 소년에게는 관심을 두지 않았다. 그저
소년의 몸에서 나온 지갑에만 신경을 쏟는 듯 보였다.

"다음부터는 바로바로 꺼내라, 응?"

입에 물고 있던 담배를 누워 있던 소년의 등 위로 던졌다.
타오를 만큼의 불꽃은 아니었지만 교복에 구멍이 생기게 하기
에는 충분했다.

그들 앞에 긴 검은색 그림자가 드리웠다.

*   *   *

자칫 목숨이 위험할 수도 있었다. 간발의 차이였다. 조금만 더 응급처치가 늦었거나, 응급실에 일 분만 더 늦게 도착했으면 앞으로의 삶에 큰 지장이 있을 수 있었다.

"다행이다."

나대방은 등산복 여기저기가 찢어지고, 얼굴에 멍이 들어 있었지만 안도의 한숨을 내쉬었다.

소년이 안전하다는 것을 확인한 나대방은 빠르게 모습을 감추었다.

이미 집에 도착하기로 한 시간이 늦었다. 더구나 이름을 알려봤자 좋을 게 하나도 없다.

"경호까지 거부하고서 이런 짓이나 하고 돌아다니는 걸 알면……."

더 큰일이다.

가장 큰일은 따로 있었다. 캄캄한 집. 나대방은 불을 켜자마자 비명을 지르려는 입을 손으로 막았다.

불도 켜지 않은 채 쇼파에 앉아 있는 흐릿한 형상의 정체는 한 명의 여자였다.

"지금 몇. 시. 인. 지. 보여?"

열두 시를 넘어 새벽 한 시를 가리키고 있는 시간, 나대방은 너무나 잘 알고 있었다. 지옥의 귀곡성 같은 음성이 잔잔하게 흘러나왔다.

"보… 보이지."

나대방의 목소리가 절로 떨려왔다. 세상에서 나대방이 가장 무서워하는 사람이다.

"그런데? 집에 들어온다고 전화한 게 언젠데 지금 들어와? 어디서 뭐 했는지 육하원칙에 의거해서 일 분 단위로 설명해 봐."

"아, 아니, 그게 그러니까. 사장님이랑 같이 버스를 타고 올라오는데 버스가 많이 밀려서……."

나대방이 급조한 변명으로 지금 이 순간을 외면하려 애썼다. 하지만 소용없는 일이었다. 서보미와 최혜진은 서로 육아 정보를 교환하며 둘도 없는 사이가 되어 있었다.

"용호 선배는 이미 들어왔다는데? 그것도 세 시간 전에."

사실대로 말해야 할까.

이대로 어물쩍 넘겨야 할까.

나대방의 머릿속에 오만가지 생각이 스쳐 지나갔다. 나대방이 생각에 잠겨 있는 사이 불이 밝혀지고 최혜진의 시야에 나대방의 몰골이 들어왔다.

"응? 오, 오빠, 뭐야."

이리저리 찢어진 등산복, 얼굴에 나 있는 상처들을 발견했다.

"오, 오다가 넘어져서."

"그러게 경호원들이랑 같이 다니라고 했잖아!"

최혜진은 혹시나 나대방이 해코지를 당한 건 아닌가 했다. 그렇지 않아도 나선기 대통령의 탄핵 건으로 나라가 시끄러웠다. 앙심을 품은 누군가가 해코지를 한다고 해도 전혀 이상할 것이 없는 시국이다.

"오빠는 괜찮아. 자, 봐봐."

나대방이 괜찮다며 가슴을 두드려 보였다. 다행히 얼굴에 난 상처 외에는 크게 눈에 띄는 상처가 없었다.

"일단 씻고 나와. 밥은?"

"밥은 이미 먹었지."

최혜진의 말에 나대방은 얼른 샤워장으로 날듯이 들어갔다.

어물쩍 위기를 넘긴 나대방이 최혜진의 볼을 쓰다듬었다.

"걱정했어?"

"그럼 걱정하지, 안 하냐?"

"아구, 우리 애기. 오빠 걱정도 해주고 이쁘네."

결혼 5년 차, 아직 사랑은 식지 않았고 서로에 대한 공고한 신뢰는 불꽃 튀는 사랑을 봄바람 같은 잔잔함으로 바꾸어 놓았다.

최혜진도 그런 느낌이 싫지 않았다.

하지만 오늘 밤만은 아니었다.

"홍!"

"흐응? 우리 아기 오늘 밤 오빠가 혼 좀 내줘야겠는걸."

"뭐, 뭐야? 애기들 깨."

"막내가 텔레파시 보냈어. 자기는 막내 싫다고 동생 만들어 달라고."

역사가 이루어지기에 밤은 충분했다.

＊　　　＊　　　＊

출근하자마자 용호를 찾았다. 나대방의 얼굴에는 홍분된 기색이 역력했다.

"형님!"

회장실 문이 벌컥 열리며 나대방이 모습을 드러냈다. 일정 보고를 받고 있던 용호의 눈살이 찌푸려졌다.

"아침부터 무슨 일이야."

나대방이 말을 하고 있지 못하자 용호가 비서를 내보냈다. 그제야 나대방이 입을 열었다.

"그제 밤에 제가 집에 들어가면서 무슨 일이 있었는지 아십니까?"

"그러니까. 너 도대체 그날 밤에 무슨 일 있었냐? 연락도 안 되고, 혜진이가 전화 오고 난리도 아니었다. 경찰 출동할 뻔했어. 너는 대통령 아들이라고, 아들."

"아들이 저만 있는 것도 아니고, 뭐 하여튼 그게 중요한 게 아니라. 어젯밤에 집에 가다가 어떤 일이 있었냐면요."

용호의 표정이 시시각각으로 변해갔다. 열을 내며 흥분했다가, 침착했다가, 나대방이 함부로 덤벼들었다고 했을 때는 목구멍까지 올라온 잔소리를 삼켜 내렸다.

"그래서 살았다고?"

한 소년이 살았다는 이야기 덕분이었다. 그렇지 않았다면 용호의 잔소리에 오늘 나대방의 귀가 찢어졌으리라.

"네! 제가 어제 한 생명을 살렸습니다!"

나대방이 가슴을 펴고 당당하게 말했다. 스스로가 생각해도 뿌듯한 듯 자랑스러움을 감추지 못했다.

"그래서 앞으로도 하겠다는 말이냐? 방금 네가 한 일이 세 아이의 아버지로서 얼마나 위험한 행동이었는지 자각이 없어?"

흥분을 가라앉힐 필요가 있었다. 용호의 목소리가 한층 냉정해졌다.

그럼에도 나대방의 태도에는 변화가 없었다.

"그래서 주말 동안 고민을 많이 했습니다. 어떻게 할까. 그래서 결론을 내렸습니다."

용호는 왠지 어떤 결론을 내렸을지 알 것 같았다. 그리고 역시나 자신의 생각은 틀리지 않았다.

"혼자보다는 둘이 덜 위험하지 않겠습니까. 형님이 도와주세요. 제가 팀 이름도 만들었습니다. 코드 네임 디코더."

"디코더?"

"인코딩된 데이터를 디코딩해서 볼 수 있으니까요. 어떻습니까? 간지가 좔좔 흐르지 않아요?"

"하아……."

용호가 답답하다는 듯 몸을 의자 깊숙이 기대며 한숨을 내쉬었다. 초롱초롱한 나대방의 눈을 보자니 쉽게 의지를 굽힐 것 같지 않았다.

'디코더… 디코더라……'

일순 나쁘지 않겠다는 생각도 스쳐 지나갔다.

'능력에는 책임이 따른다고 했으니, 이것도 하늘의 뜻인가.'

자신에게는 버그를 볼 수 있는 능력이, 나대방에게는 데이터를 볼 수 있는 능력이 생겼다. 어쩌면 이것도 하늘의 계시일지 모른다는 생각에 용호의 고민이 깊어져 갔다.

작가 후기

안녕하세요.

독자 여러분.

이번에도 이런저런 아쉬움이 많이 남았습니다.

제가 알고 있던 사실들, 전달하고 싶은 메시지들이 독자님들께 잘 전달되었기만을 바랄 뿐입니다.

대한민국 IT 적응기라는 소제목답게 한국 IT 업계, 그중에서도 SI라 불리는 분야에서 일하는 수많은 개발자분들의 공감을 사길 바랐는데 어땠을지 궁금하군요.

한국은 기형적으로 SI가 발달한 나라입니다(통계를 보면 80%가량으로 집계되고 있습니다). 미국의 실리콘밸리가 대부분 구글과 같은 자체 솔루션을 가진 것과는 사뭇 다른 양상을 보이고 있습니다.

SI는 B2C보다는 B2B 업무가 대부분이고 이는 필연적으로 갑과 을이라는 관계를 발생시킵니다.

그 안에서 일어나는 수많은 불합리한 일들, 제가 '코더 이용호'에 적은 건 빙산의 일각이라 보시면 됩니다.

몇몇 댓글들을 보면 마치 컴퓨터 관련 학과를 희망하는 학생들이 비현실적인 이 글을 보고 안 좋은 생각을 할지도 모른다고 하는데, 제가 생각할 때 제가 여기에 적은 한국의 상황은 더하면 더했지 못하지는 않다고 봅니다.

공공연하게 작성된 블랙리스트는 없지만 각 PM들은 마음에 들지 않는 프리랜서들을 인사팀에 연락해 빼라고 하거나, 공고에는 500이라고 적혀 있던 단가가 막상 계약하는 날 400으로 깎여 있거나, 영안실에서 근무를 시키거나 등등 이루 말할 수 없을 만큼 처참한 환경들이 도처에 깔려 있습니다.

SI가 아닌 솔루션 업체들, 흔히 말하는 네이버, 카카오, sk

플래닛 등은 상황이 다를 겁니다.

또한 SI 업계에서 유명 대기업인 LG CNS나 삼성 SDS 같은 대기업 역시 다를 겁니다. 하지만 그런 곳에 근무하는 사람이 과연 몇이나 될까요?

통계를 보면 우리나라에서 대기업에 근무하는 사람은 20%가 안 된다고 나옵니다.

대부분의 사람은 열악한 환경에서 근무하고 있다는 말이지요.

너무 우울한 이야기만 해서 그런지 차기작은 좀 밝은 판타지가 끌렸습니다. 정말 밝은 이야기일지는 모르지만 재미있게 쓰도록 노력하겠습니다.

다시 한번 이 글을 읽어주신 독자 여러분께 진심으로 감사의 말씀 올립니다.

이제부터 전자책은

이젠북

www.ezenbook.co.kr

새로운 세계가 열린다!

김재한 『성운을 먹는 자』　철백 『대무사』
니콜로 『마왕의 게임』　가프 『궁극의 쉐프』
이경영 『그라니트:용들의 땅』　문용신 『절대호위』
탁목조 『일곱 번째 달의 무르무르』　천지무천 『변혁 1990』
강성곤 『메이저리거』　SOKIN 『코더 이용호』

이름만 들어도 황홀할 정도의 별들의 향연!
이들의 "유료연재"가 시작됩니다!

검색창에 **이젠북**을 쳐보세요! ▼

초대형 24시 만화방

신간 100%, 샤워실, 흡연실, 수면실(침대석), 커플석, 세탁기 완비

▪ 시흥 정왕25시점 ▪

경기 시흥시 정왕동 1742-13 미스터피자 건물 5층
031) 319-5629

▪ 강북 노원역점 ▪

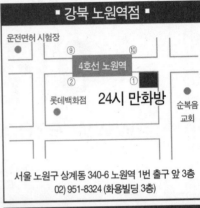

서울 노원구 상계동 340-6 노원역 1번 출구 앞 3층
02) 951-8324 (화용빌딩 3층)

▪ 일산 정발산역점 ▪

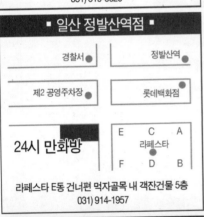

라페스타 E동 건너편 먹자골목 내 객잔건물 5층
031) 914-1957

▪ 일산 화정역점 ▪

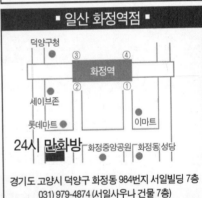

경기도 고양시 덕양구 화정동 984번지 서일빌딩 7층
031) 979-4874 (서일사우나 건물 7층)

▪ 부천 역곡역점 ▪

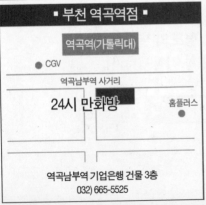

역곡남부역 기업은행 건물 3층
032) 665-5525

▪ 부평역점 ▪

(구) 진선미 예식장 뒤 한신포차 건물 10층
032) 522-2871